CW01640583

revanche de l'ombre rouge

Une collection dirigée par Mikaël Ollivier

ISBN 978-2-84420-546-9

CONCEPTION GRAPHIQUE :
couverture Marion Bataille
intérieur Bärbel Müllbacher

JEAN MOLLA

la revanche de l'ombre rouge

NOUVELLES

EDITIONS THIERRY MAGNIER

Pour Ilia.

Sommaire

Le portable noir

Il était posé sur le ponton, si près du bord qu'une rafale de vent aurait pu le précipiter dans l'eau d'un instant à l'autre.

« Curieux qu'il ne soit pas tombé », songea Pauline.

Elle se baissa pour le ramasser et l'examina.

C'était un luxueux téléphone portable couleur ébène, moulé dans une matière qui imitait le grain du bois. Il dégageait une odeur de terre humide qui s'évanouit si vite qu'elle crut avoir rêvé. Quand elle l'ouvrit, les touches brillèrent comme de la nacre et lui firent songer à quatre rangées de dents sagement alignées. Pauline s'attendait à ce qu'il ne fonctionne pas mais quand elle appuya sur la touche d'appel, l'écran s'éclaira.

L'appareil était chargé et les cinq barres alignées dans l'angle droit indiquaient que la réception était excellente.

Le vent se prit dans le feuillage des saules et gémit. Pauline se retourna, cherchant des yeux une présence humaine. Les berges étaient désertes. Derrière le rideau des arbres, s'élevaient les appels et les rires d'Alexandra et de Sébastien. Ils la cherchaient et, dans quelques minutes, l'auraient rejointe. Elle revint au portable et scruta la rivière. Pas de barque à l'horizon. D'ailleurs, pourquoi quelqu'un en promenade au fil de l'eau abandonnerait-il son téléphone sur un ponton d'embarquement ?

Pauline s'assit, laissa pendre ses jambes dans le vide et caressa la coque noire. Même s'il ne portait aucun logo de marque connue, l'appareil avait dû coûter une fortune. Mue par la curiosité, elle voulut consulter les derniers numéros appelés mais ils avaient été effacés. Elle afficha alors le répertoire. Il comportait un nombre faramineux de noms et de prénoms. Pauline avait beau les faire défiler, elle ne dépassait pas la lettre A.

– Comment cet engin peut-il avoir en mémoire autant de correspondants ? murmura-t-elle. On y a stocké un véritable annuaire ! D'ailleurs, qui peut connaître tant de gens ?

Si elle appelait une de ces personnes au hasard, elle saurait à qui appartenait le téléphone et pourrait le rendre à son propriétaire. Pauline se mordit les lèvres. Elle savait qu'elle n'en ferait rien. Ce portable la tentait terriblement, même si une petite voix au fond d'elle lui soufflait que le conserver était du vol.

– Bon, pour commencer, on va voir s'il marche !

Du pouce, elle composa le numéro de sa grand-mère. Trois sonneries puis un « Allô ? » chantant.

– C'est moi, mamie, tu vas bien ?

– Oui, ma petite Pauline, je prends le thé avec madame Debienne. Pourquoi m'appelles-tu ?

– Comme ça ! J'avais juste envie de te faire un coucou.

– C'est très gentil, ma biche. Tu es chez toi ?

– Non, à la campagne, je me balade avec des copains mais je ne vais pas tarder à rentrer. Bon, je t'embrasse. Je passe te voir demain après-midi, d'accord ?

– Bonne idée, on papotera et on fera un clafoutis, j'ai plein de cerises. Au revoir, ma chérie.

– Au revoir, mamie.

Pauline coupa la communication et referma le

portable. C'était une merveille : le son était clair, d'une netteté parfaite. Durant leur brève conversation, elle avait eu l'impression que sa grand-mère se tenait à côté d'elle. Très excitée, elle appela, pour le simple plaisir d'échanger quelques mots, deux autres personnes dont elle connaissait le numéro de mobile par cœur : Camille, une copine parisienne qu'elle retrouvait chaque fin d'été en Corse, et Louise, sa correspondante anglaise. Ravie, elle constata que les communications internationales fonctionnaient ! En dépit de la distance, la ligne était impeccable. Elle aurait volontiers passé quelques appels supplémentaires mais une voix familière la retint :

– Hou hou, tu étais là ? On te cherchait partout !

Alexandra et Sébastien se tenaient à l'autre bout du ponton et lui adressaient de grands signes. Pauline glissa le téléphone dans la poche de son blouson et les rejoignit.

– On se demandait si tu n'étais pas rentrée chez toi.

– Non, je ne voulais pas vous déranger…

– Tu ne nous déranges pas !

L'étonnement d'Alexandra paraissait sincère. Se pouvait-il qu'elle soit naïve à ce point ? Pauline observa son amie, tentant de lire sur son visage ce qui se passait en réalité dans sa tête.

Des mois durant, leurs pensées avaient été occupées par le beau Sébastien, un garçon de 3e B arrivé en cours d'année, timide mais si charmant que Pauline en était tombée amoureuse dès le premier regard. Elle s'en était ouverte à Alexandra qui n'avait pas tardé à le trouver à son goût.

Qui de Pauline ou d'Alexandra séduirait Sébastien ? Ce qui n'était qu'un badinage entre amies avait bientôt pris la tournure d'une rivalité sourde.

Alex avait emporté la mise, tout au début des vacances, au cours d'une soirée organisée par des amis pour fêter le brevet. Pauline, mortifiée, les avait surpris en train de s'embrasser sous un tilleul. Affectant l'indifférence, elle avait ravalé son dépit mais sa blessure était à vif.

Depuis, elle avait dû supporter de les voir marcher main dans la main, échanger des regards énamourés ou des baisers. Très vite, sa déception s'était muée en colère. Colère qu'elle se gardait d'exprimer à voix haute mais qui la dévorait et lui faisait haïr un peu plus chaque jour celle qu'elle considérait comme sa meilleure amie.

Quelle idiote elle avait été d'accepter une promenade au bord de la Vonne en leur compagnie ! À se demander si elle n'était pas masochiste. Au bout de dix minutes, elle n'avait qu'une idée en tête : les fuir ! Raison pour laquelle elle s'était éclipsée en direction du ponton. Ils étaient tellement préoccupés d'eux-mêmes qu'ils ne s'étaient pas rendu compte de sa disparition.

– Je t'assure que tu ne nous déranges pas, répéta Alexandra.

Sébastien se contenta d'un sourire embarrassé et hocha la tête en signe d'assentiment. Ils longèrent la rive et repartirent en direction de la route, dans un silence pesant, et Pauline pensa que c'était sans doute la dernière fois qu'ils se promenaient tous les trois. Quand ils arrivèrent en vue des premières maisons du village, elle prétexta un rendez-vous et s'éloigna à grands pas.

Elle arrivait chez elle quand elle vit sa mère entrer dans la voiture et démarrer sur les chapeaux de roue. Son père, très pâle, restait immobile devant la porte.

– Qu'est-ce qui se passe ? s'alarma Pauline.

– Ta grand-mère vient d'avoir un malaise. Par chance,

ça lui est arrivé pendant qu'elle discutait avec madame Debienne qui a appelé le SAMU puis ta mère.

Et comme Pauline éclatait en sanglots, il la prit dans ses bras et dit :

– Ne t'inquiète pas, mamie a une santé de fer. Tout devrait rentrer dans l'ordre très vite.

Pauline jeta un coup d'œil à son réveil. Il indiquait minuit et elle ne parvenait toujours pas à dormir. Une vague de frissons la parcourut. Depuis l'enterrement, elle avait froid, tout le temps froid. Rien ne parvenait à la réchauffer, ni les gros pulls dans lesquels elle s'emmitouflait ni les couvertures sous lesquelles elle se pelotonnait la nuit, en dépit de la météo caniculaire.

Sa grand-mère était morte avant que les sauveteurs ne parviennent chez elle et sa mère avait eu beau lui répéter : « Une rupture d'anévrisme peut frapper n'importe qui n'importe quand », Pauline ne parvenait pas à se débarrasser d'un sentiment de culpabilité irréfléchi.

Elle se leva, s'enroula dans son drap et, grelottante, s'installa à son bureau. Ses pensées la ramenaient sans cesse à sa grand-mère et, si sa raison lui affirmait qu'elle était définitivement partie, quelque chose au plus profond d'elle refusait de l'admettre.

On ne peut pas être rayée comme ça de la surface du globe ! Ce n'est pas juste ! écrivit-elle sur une feuille avant de la froisser et de la jeter dans la poubelle.

Un sanglot lui échappa. La justice n'avait rien à voir là-dedans : mamie était morte ! Elle ne la verrait plus jamais, ne lui parlerait plus jamais. Finies les crêpes qu'elles faisaient sauter quand l'envie les en prenait, les gâteaux improvisés, les conversations interminables sous le grand cerisier, les petits cadeaux pour un oui pour un non, les coups de téléphone à n'importe quelle heure de la journée, les confidences que mamie était seule à entendre.

Machinalement, elle ouvrit le premier tiroir et en retira le portable. Était-ce le souvenir de l'enterrement ? La petite coque noire lui évoquait à présent un cercueil, et l'odeur de terre humide qui l'avait surprise la première fois emplit ses narines avant de s'évaporer. Pauline s'attendait que l'appareil soit à demi déchargé mais, surprise, elle constata que le témoin de batterie était toujours à son maximum.

Elle le remit en marche et nota un détail qui lui avait jusqu'alors échappé. Aucun nom d'opérateur ne s'affichait sur l'écran. Elle l'éteignit et le ralluma sans qu'aucun code ne lui soit demandé. Toujours pas de nom d'opérateur. Pourtant, les cinq petites barres s'affichaient, immuables, indiquant que la réception était parfaite. En dépit de l'heure tardive, elle faillit appeler un ami au hasard mais une intuition la retint.

Depuis plusieurs jours, une idée lui trottait dans la tête qu'elle ne parvenait pas à formuler et qui maintenant lui apparaissait comme une évidence : elle avait téléphoné à sa grand-mère depuis cet appareil et, moins d'une heure plus tard, celle-ci était morte. Perplexe, Pauline posa le téléphone sur le bureau et le contempla. Le chagrin la faisait-il délirer ?

Poussée par la curiosité, elle reprit l'appareil, ouvrit le répertoire et appuya sur la touche qui lui permettait d'aller à la lettre L. Pauline fit défiler une liste impressionnante de correspondants avant de trouver.

Latronnier Madeleine : le nom et le prénom de sa grand-mère ! Le souffle coupé, elle les relut plusieurs fois pour se convaincre qu'elle ne s'était pas trompée. Utilisant la touche « choix », elle consulta les coordonnées du contact. Le numéro de téléphone enregistré était bien celui de sa grand-mère. Or, elle était certaine de ne pas l'avoir mémorisé !

L'esprit en ébullition, Pauline revint au menu principal. Son pressentiment était-il juste ? Tous ces gens dont les noms figuraient sur la mémoire du portable étaient-ils morts, et le fait de les appeler de ce portable, précisément, pouvait-il provoquer leur mort ? Elle se souvint alors avec horreur qu'elle avait appelé son amie Camille et sa correspondante anglaise. Elle passa une heure à consulter la liste du répertoire et trouva leurs noms, dûment enregistrés.

– Ce n'est pas possible, sanglota-t-elle. Ce n'est pas possible.

Elle alla chercher son vieux portable et, d'un pouce fébrile, composa un SMS affolé qu'elle envoya à chacune de ses amies avec demande expresse de lui répondre sur-le-champ. Deux minutes s'écoulèrent et le vibreur du téléphone se déclencha. Pauline poussa un soupir de soulagement, en dépit de l'heure tardive, Camille l'appelait !

– Allô, Camille ?

– Non, Pauline, c'est Anaïs.

– Qu'est-ce qui se passe ?

D'une voix entrecoupée de sanglots, la sœur aînée de son amie lui apprit que Camille avait été fauchée par une voiture, une semaine plus tôt, alors qu'elle revenait de la piscine. Elle avait été tuée sur le coup.

Pauline raccrocha. Camille s'était éteinte quasiment à la même heure que sa grand-mère. Ses veines charriaient des torrents de glace. Elle ne pouvait ni pleurer ni hurler, comme elle l'aurait souhaité, au risque d'affoler ses parents. Accablée, elle composa le numéro de Louise et, au bout de six sonneries, entendit l'annonce qui l'invitait à laisser un message. Elle ne jugea pas utile de parler.

Louise était morte, elle en avait l'intime conviction.

Abandonnant son bureau, elle regagna le lit et s'y laissa tomber. Tout son corps lui faisait mal. Ses muscles étaient noués, sa respiration difficile. Elle voulut lutter pour rester consciente mais un voile sombre recouvrit ses yeux et le sommeil l'engloutit comme une coulée de goudron.

Il était neuf heures quand elle se réveilla, la tête et les membres lourds. La maison étaient silencieuse. Ses parents partaient travailler dès huit heures et ne rentraient qu'en début de soirée.

– Mamie, Camille, Louise, murmura-t-elle avant d'éclater en pleurs.

Ce n'était pas possible, un téléphone ne pouvait posséder ce monstrueux pouvoir. Il fallait vérifier encore ! Retournant à son bureau, elle choisit au hasard deux noms dans le répertoire et se rendit au salon. D'un doigt fébrile, elle composa le premier numéro et attendit. Plusieurs sonneries retentirent puis une voix féminine prononça :

– Allô ?

– Bonjour, dit Pauline, pourrais-je parler à Marc Dabadie ?

– Je suis désolée, mademoiselle, répondit son interlocutrice. Il s'agit de l'ancien propriétaire et j'ai le regret de vous annoncer qu'il est décédé voilà huit mois.

La gorge sèche, Pauline appela le second numéro et eut toutes les peines du monde à demander sa correspondante. Un homme éploré lui annonça que son épouse avait trouvé la mort dans un accident de voiture l'hiver précédent. Elle raccrocha et chercha l'appui de la console.

Ses jambes flageolaient et elle gagna péniblement le canapé.

– C'est moi qui les ai tuées, gémit-elle. Si je ne les avais pas appelées, elles seraient toujours vivantes et…

Cédant à la colère, elle se leva, courut chercher un marteau dans le garage et retourna dans sa chambre, bien décidée à réduire le portable en miettes. Elle le prit, le posa sur le plancher, leva le marteau et resta figée, le bras dressé, saisie par une crainte inexplicable.

L'objet recelait une puissance qui la dépassait. Il l'écœurait et la fascinait à la fois.

Elle se sentait sans force, incapable de le pulvériser, alors qu'elle aurait dû le faire sans hésiter. Dans un état second, Pauline posa l'outil, saisit le téléphone du bout des doigts, comme si elle redoutait de les souiller, et le laissa tomber dans le tiroir de son bureau qu'elle referma d'un coup sec.

Trois jours s'écoulèrent. Ses parents travaillant, elle devait affronter une solitude insupportable. Elle oscillait entre des états contradictoires, passant des pleurs à l'abattement ou à un questionnement frénétique qui la laissait épuisée.

Pouvait-elle se considérer responsable de la mort de sa grand-mère et de ses amies ? Évidemment non ! Comment aurait-elle pu imaginer en le trouvant que ce portable provoquait la mort de ceux qu'on appelait ? D'où venait-il et depuis quand passait-il de main en main ? Cet objet était diabolique ! Comme elle, son précédent propriétaire avait dû découvrir son épouvantable propriété. N'osant le détruire, il l'avait posé sur le ponton et s'était enfui, espérant sans doute qu'une rafale de vent le précipiterait dans la rivière. Le hasard avait voulu qu'elle s'y rende ce jour-là. Elle pouvait s'en débarrasser de la même façon mais quelqu'un le trouverait et, de nouveau, le téléphone tuerait.

– C'est monstrueux, murmura-t-elle en se recroquevillant sur le canapé. Monstrueux.

Alexandra et Sébastien passèrent la voir à plusieurs reprises. Ces visites n'apaisèrent pas son chagrin. Pire, elles l'aiguisèrent. C'était insupportable de les voir ensemble alors qu'elle ne vivait qu'entre tristesse et remords. Et puis, Pauline ne percevait une once de sincérité chez

Alexandra. Elle venait par pure convenance. Sébastien, en revanche, s'était montré très proche, voire prévenant, et, en partant, l'avait embrassée avec douceur.

D'ailleurs, il revint. Seul. Comme Pauline s'en étonnait, il lui répondit :

– J'avais envie de te voir. Et puis, je te signale qu'Alex et moi, on n'est pas mariés ! Je te demande juste de ne rien lui dire : elle est d'une jalousie maladive.

Il avait l'air si penaud que Pauline éclata de rire. Voilà des semaines que cela ne lui était plus arrivé. Elle vivait un véritable rêve : le beau Sébastien se tenait, souriant, sur le seuil de sa porte.

– Entre, lui dit-elle. Je te promets d'être discrète. Ce sera notre secret.

L'enchantement fut de courte durée. Le soir même, sa mère frappa à la porte de sa chambre. Elle lui tendit le téléphone.

– C'est Alex.

Mal à l'aise, Pauline prit le combiné.

– Allô ?

– Salut.

La voix d'Alexandra était glaciale. Il y eut un blanc puis elle reprit :

– T'as plus intérêt à t'approcher de Seb, espèce d'enfoirée !

– Mais, je... tenta de protester Pauline.

– Ne fais pas ton hypocrite ! Je l'ai vu revenir de chez toi et on a eu une explication. Mets-toi dans la tête qu'il n'en a rien à fiche de toi ! Alors maintenant, tu le lâches et tu me lâches par la même occasion. Tu crois que je ne sais pas qu'il te plaît ? On en a assez parlé comme ça ! J'en ai marre de tes airs de sainte-nitouche. J'en ai marre que tu joues les veuves éplorées pour me piquer mon copain. C'est complètement nul !

Pauline ne savait que répondre, déstabilisée par ce flot de colère, ces mots qui se plantaient en elle comme des aiguilles et qui la blessaient. L'allusion perfide à la mort de sa grand-mère fut de trop. C'étaient des paroles méchantes et gratuites. Elle allait répliquer quand Alexandra raccrocha brutalement.

Peinant à maîtriser sa fureur, Pauline ramena le téléphone au salon puis elle retourna dans sa chambre. Une rage sourde la tenaillait. Bien qu'elles soient amies de longue date, Alex avait toujours affecté une attitude condescendante à son égard, lui laissant clairement entendre que c'était elle la plus intelligente, la plus belle, la plus séduisante.

Alex avait daigné s'intéresser à Sébastien lorsqu'elle lui avait fait remarquer qu'il était mignon et sympa. D'ailleurs, quand ils étaient sortis ensemble, Pauline s'était demandé si Alex n'était pas, en réalité, motivée par le désir sournois de la blesser. Enfin, il y avait eu cette manière ostentatoire de s'afficher avec lui, cette cruauté larvée qu'elle devinait dans chacune de ses paroles, dans chacun de ses gestes.

Cette fois-ci, Alex avait passé les bornes.

Animée par une rage froide, Pauline ouvrit son tiroir, en sortit le téléphone noir et composa le numéro de portable d'Alexandra. Il y eut quatre sonneries puis elle décrocha.

– C'est moi, Pauline.

– Je sais reconnaître ta voix ! Qu'est-ce que tu veux encore ? Je n'ai pas été claire ?

Alexandra n'avait rien perdu de son agressivité et Pauline sentit sa rage se muer en haine.

– Si, très claire. Je voulais simplement te dire que c'est la dernière fois que tu m'entends.

La réponse claqua comme un coup de fouet.

– Eh bien, j'en suis heureuse. Maintenant, dégage et oublie Sébastien !

Pauline coupa la communication. Son cœur cognait dans sa poitrine mais elle s'efforça de faire taire sa conscience. Elle n'avait fait que téléphoner à son amie. Rien de plus. Elle prit cependant le temps de vérifier que le nom d'Alexandra avait bien été rajouté au répertoire et murmura :

– Je crois plutôt que c'est Sébastien qui ne sera pas long à t'oublier, ma chère.

Bien sûr, Sébastien eut du mal à se remettre de la mort d'Alexandra. Elle avait glissé dans les escaliers et s'était brisé la nuque en descendant dîner, le soir même où ils avaient eu cette stupide fâcherie à propos de Pauline. Il n'y avait évidemment aucun rapport entre cet accident et les mots qu'ils avaient eus mais il en conservait un souvenir amer.

Au village, l'émotion avait été forte : deux décès en moins de quinze jours, c'était beaucoup.

Les obsèques d'Alexandra eurent lieu puis la vie reprit son cours. Sébastien restait cloîtré chez lui. Pauline se contentait de se manifester de loin en loin. À la fin du mois, elle lui proposa d'aller se promener le long de la rivière. Il accepta et cette promenade les rapprocha. Plus encore que Pauline ne l'aurait espéré.

Chaque jour, ils se revirent, chez elle ou chez lui, à la piscine ou au foyer des jeunes. Pauline n'éprouvait pas de culpabilité. Elle avait évacué de sa mémoire le portable et s'était persuadée qu'il n'y avait aucun rapport entre la mort d'Alexandra et son appel téléphonique.

Ce décès lui apparaissait comme un regrettable accident, une expression de la fatalité contre laquelle il ne servait à rien de lutter. C'est d'ailleurs ce qu'elle avait expliqué à Sébastien, le soir où elle osa lui prendre la main et la serrer si fort qu'il ne put retenir un cri de douleur avant de la prendre dans ses bras et de l'embrasser.

Ils étaient assis au bord de la rivière. L'air était lourd de l'odeur des chèvrefeuilles qui hérissaient les haies et Pauline se dit que jamais elle ne pourrait être plus heureuse qu'à cet instant, blottie contre Sébastien.

Celui-ci fit courir ses doigts sur ses hanches et

toucha, à travers la toile de son jean, le portable glissé dans sa poche arrière. Pauline se cabra. Elle ne s'en séparait jamais. Pourquoi ? Elle n'en savait rien elle-même mais le laisser dans son tiroir lui était une épreuve insurmontable. Il fallait qu'elle le garde sur elle, même si elle savait que plus jamais de sa vie elle ne s'en servirait.

Pauline tenta d'éloigner la main du garçon mais il la plaqua avec force sur la bosse qui tendait le tissu.

– Qu'est-ce que tu trimballes là ? demanda-t-il en essayant de deviner à sa forme ce qu'elle tentait de dissimuler. Une arme ?

– Idiot, c'est mon portable !

Les doigts se firent plus pressants.

– Je ne me souvenais pas qu'il était si petit ! s'exclama-t-il. Il n'y a pas si longtemps, tu utilisais un vieux machin qui pesait trois tonnes !

– C'est celui que mes parents m'ont offert pour mon brevet, mentit-elle.

– Super ! Tu me le fais voir ?

– Pas la peine ! De toute façon, il fonctionne mal en ce moment, il faut que je le donne à réparer. Une autre fois, s'il te plaît.

Sébastien avait deviné un malaise dans la voix de Pauline. Il s'assit et l'observa. Elle était pâle et la lumière déclinante du jour soulignait l'expression de contrariété qui plissait sa bouche. Pauline lui dissimulait quelque chose. Il faillit lui demander pourquoi elle réagissait de manière si épidermique pour un simple téléphone puis préféra ne pas insister. Les dernières semaines avaient été éprouvantes pour eux deux et il ne pouvait lui adresser le moindre reproche.

– Demain, lui dit-il en l'embrassant au coin des lèvres, je suis seul à la maison. Je t'invite ?

Pauline lui rendit son baiser et répondit :

– Rien ne pourrait me faire plus plaisir.

Jamais elle ne s'était sentie aussi légère. Pauline flânait, repue de ces heures passées avec Sébastien. Elle était amoureuse, comment en douter ? Et passer une journée de rêve avec le garçon de ses rêves, que demander de plus ?

Ils avaient paressé dans le jardin, à l'ombre des grands tilleuls, parlant de tout et de rien, simplement heureux d'être ensemble. Il leur semblait que les vacances ne finiraient jamais, que leurs jours s'écouleraient à l'identique, pour l'éternité. Plus tard, ils avaient barboté dans la piscine creusée au centre de la pelouse. Sébastien avait tenté de l'entraîner dans sa chambre mais elle avait résisté, se contentant de lui rendre les baisers qu'il ne cessait de lui donner.

Pauline avait atteint la place du village, à deux pas de chez elle. Elle s'assit sur un banc et sourit. La vie était étrange, le destin aussi. Il lui fallait savourer son bonheur présent en égoïste et surtout ne pas penser aux circonstances qui avaient permis que Sébastien et elle tombent amoureux l'un de l'autre.

Ne surtout pas y penser…

Ses parents s'occupaient du dîner quand elle arriva chez elle. Son père allumait le barbecue dans le jardin et sa mère achevait de préparer une salade niçoise.

– Tu es rayonnante, ma chérie ! s'exclama-t-elle en posant un baiser sur sa joue. Tu ne peux pas savoir comme je suis heureuse de te voir comme ça.

Le téléphone sonna. Mme Labbé essuya ses mains pour aller décrocher mais Pauline lui dit :

– Laisse, je prends.

La voix de Sébastien résonna dans l'écouteur, si claire, si proche.

– Bonsoir, ma douce, tu vas bien depuis tout à l'heure ?

– Oui, attends.

Pauline monta dans sa chambre pour pouvoir parler à son aise et demanda, un rien mutine :

– Je te manque tant que ça pour que tu m'appelles dès qu'on se quitte ?

– Bien sûr que tu me manques ! Et en plus, tu as oublié quelque chose chez moi.

La jeune fille sentit un souffle glacial balayer la pièce. Machinalement, elle porta la main à la poche de son jean. Le portable n'y était plus !

– Mon téléphone ! hurla-t-elle.

– Exactement ! Mais il n'y a pas de quoi s'énerver, je te dis que je l'ai. Tu veux que je te le rapporte ?

Contenant à grand-peine le tremblement qui agitait sa main, Pauline déglutit et répondit :

– Oui. Amène-le-moi immédiatement, s'il te plaît.

– Vos désirs sont des ordres, ma princesse. Votre fidèle serviteur saute sur son vélo et il arrive !

Pauline allait raccrocher quand Sébastien ajouta :

– Au fait, tu m'as raconté des bourres hier : ton téléphone, il fonctionne parfaitement.

– Comment tu le sais ? demanda-t-elle, affolée. Tu ne t'en es pas servi ? Dis-moi !

Un rire joyeux éclata dans l'écouteur.

– Mais si, ma douce ! Avec quoi crois-tu que je t'appelle ?

Un talent diabolique !

Victor Diavolo n'était pas le meilleur élève de notre classe mais il en était certainement le plus sympathique et le plus original. Le plus étrange aussi. Le jour de notre première rencontre, j'avais été impressionné par sa chevelure rousse, abondante et incroyablement hérissée. Elle flamboyait. Et si un rayon de soleil s'y accrochait, c'était carrément un incendie qui s'allumait sur sa tête.

Ajoutez à cela des yeux verts et vifs, un nez pointu, une poignée de taches de rousseur semées sur ses joues pâles, une bouche sans cesse en mouvement, toujours prête à lancer une blague ou une idée saugrenue, et vous aurez un portrait assez fidèle du personnage ! Tout le monde l'adorait au collège, à commencer par Mlle Massenet, la prof d'arts plastiques. Moi, j'étais très vite devenu son meilleur ami.

J'ai dit que Victor était original. En fait, il possédait un talent « diabolique », comme aimait à le répéter Mlle Massenet, un don pour le dessin hors du commun. Dès qu'il disposait d'un moment, en cours, ou pendant une heure d'étude, il attrapait un crayon et noircissait les pages de son cahier de brouillon.

L'année avançant, elles s'étaient peuplées de monstres effrayants, d'extraterrestres criants de vérité, de paysages de rêves, de fabuleux vaisseaux spatiaux, d'animaux fantastiques. De temps en temps, il m'offrait une de ses œuvres que je rangeais respectueusement dans la chemise cartonnée où j'entassais mes trésors : photos découpées dans des magazines, points récoltés sur des boîtes de pâte à tartiner, cartes de jeux et mots doux.

Avait-il pour autant la meilleure moyenne de la classe en arts plastiques ? Pas du tout, et c'était là une autre originalité de mon ami ! Son don, il le réservait à son propre univers, pas à une pâle copie du nôtre.

Au grand désespoir de Mlle Massenet, il n'y avait

pas moyen de l'amener à représenter un arbre, une feuille, un chat, une pomme ou un sapin de Noël. C'était simple : le réel ne l'intéressait pas ! À chaque travail noté, il s'obstinait à rendre des dessins sans rapport avec le sujet demandé. Invariablement, la prof lui mettait la moyenne et lui rendait sa feuille en affirmant qu'il était ingouvernable. Victor lui lançait un sourire, elle le lui renvoyait, et l'affaire était close.

Un jour, je lui avais glissé, sans doute pour le provoquer :

– Si ça se trouve, tu dessines des trucs délirants parce que tu n'es pas capable de représenter quelque chose de vrai ! C'est peut-être trop difficile pour toi…

Nous étions un vendredi après-midi d'avril, veille des vacances de Pâques, et la prof de maths nous avait accordé une demi-heure de liberté avant la sortie. Profitant de l'aubaine, Victor avait ouvert son cahier et s'était empressé de terminer une espèce d'énorme scarabée coiffé d'une guérite dans laquelle un guerrier casqué se tenait posté. Il peaufinait l'articulation d'une des pattes de l'insecte et avait accueilli ma remarque avec un calme qui m'avait étonné : d'habitude, il était plutôt du genre à réagir au quart de tour quand une réflexion lui déplaisait.

– Quoi ? C'est pas vrai ? avais-je ajouté, agacé par son manque de combativité.

Mon ami avait levé les yeux de son dessin. Une étincelle pétillait dans ses pupilles vertes. Il avait mordillé son crayon et, flegmatique, m'avait répondu en appuyant sur chaque syllabe :

– Je peux dessiner ce que je veux ou qui je veux dans les moindres détails. Je choisis mes sujets, c'est tout !

– Bon ! avais-je répliqué. Alors représente… je ne sais pas… Tiens, mademoiselle Massenet, elle est drôlement jolie !

La lumière du soleil entrait à flots par la fenêtre de la classe. Victor avait fixé un reflet sur le sol et secoué sa tignasse.

– Pas question ! Trouve autre chose !

J'avais montré du doigt un vase très laid, feutré de poussière, perché sur l'armoire du fond. Il était posé là, depuis une éternité, et je l'avais tellement contemplé, les jours d'ennui, qu'il me suffisait de fermer les yeux pour le voir apparaître sur ma rétine. Victor l'avait observé très attentivement, comme s'il le scannait millimètre par millimètre.

– C'est bon ! Je passerai chez toi demain. Tu verras ce dont je suis capable.

Le lendemain, pour tout dire, j'avais complètement oublié ma provocation. J'étais en train de jouer devant mon écran quand la sonnette avait retenti. Ma mère avait crié depuis l'entrée :

– Tom, tu as de la visite !

Il me restait encore deux monstres à massacrer pour terminer ma partie et je ne m'étais pas levé de ma chaise. Un coup avait résonné à ma porte et Victor était entré. Un sourire flottait sur ses lèvres quand il m'avait tendu une grande enveloppe.

– Tiens, la voilà, ta commande !

J'en avais tiré une feuille de papier Canson sur laquelle il y avait le plus extraordinaire dessin que j'aie jamais vu. D'ailleurs, pouvait-on appeler cela un dessin ? On aurait dit une photo, mais ça n'en était évidemment pas une. Je distinguais parfaitement les coups de crayon, les traces de gommage, les ombres portées à la mine de plomb.

Le vase n'était pas aussi vrai que le vrai, il était plus vrai que le vrai. J'en percevais le moindre motif, le moindre relief, le moindre défaut, le voile de poussière qui le recouvrait, mais d'une manière surprenante, parfaitement neuve, comme si je le découvrais pour la première fois. Comment Victor avait-il fait pour mémoriser autant de détails en se contentant de le regarder de notre place ? À voir ce dessin, on aurait cru pouvoir le toucher. Bizarrement, je m'étais dit que si la feuille m'échappait des mains, le vase se casserait.

– Alors ?

– C'est génial. Simplement génial. Je retire tout ce que j'ai dit. Tu me le donnes ?

Victor avait haussé les épaules.

– Si ça te fait plaisir, garde-le.

Quinze jours avaient passé. Les vacances s'étaient évaporées dans un éblouissement tumultueux de jeux vidéo, de balades avec les copains et les copines, de films et de discussions sans fin. Un lundi matin, je m'étais retrouvé au collège, avec la perspective désespérante de deux longs mois de cours avant les vacances d'été.

La dernière heure de la matinée était consacrée aux mathématiques. Au moment de quitter la classe pour me rendre à la cantine, me souvenant du dessin de Victor, je m'étais tourné vers le placard où trônait le vase. Il n'y était plus !

Victor me dévisageait avec un drôle de petit sourire. Il avait passé sa main dans sa chevelure emmêlée et ses mèches fauves s'étaient dressées comme de minuscules langues de feu. Pour un peu, je les aurais entendues crépiter.

– Ça alors ! Tu as vu ? Le vase… Où il est passé ?

Mon ami avait désigné le sol d'un mouvement du menton.

– À tous les coups, la femme de ménage l'a flanqué par terre ! Tu n'as pas remarqué le carnage, à chaque fois qu'elle se charge d'une salle ?

Effectivement, Mme Bourbaki était célèbre pour sa maladresse.

Plus d'une fois, nous avions vu un prof ou un autre la gronder comme une petite fille parce que la vieille dame avait brisé un pot de fleurs, déchiré une carte murale ou pulvérisé une boîte de craies.

Victor avait ricané et conclu :

– À mon avis, ce n'est pas une grande perte !

Nous étions sortis de la classe et je n'y aurais plus jamais pensé si, une semaine plus tard, il n'était arrivé un événement étrange.

Antoine Caludin, le fils du vétérinaire, était un garçon particulièrement prétentieux. Ce matin-là, il arriva avec au poignet une montre presque aussi grosse qu'un réveil. Elle était bardée de boutons, de cadrans et clignotait ou bipait pour un oui, pour un non. À la cantine, il nous avait rebattu les oreilles, nous expliquant que sa montre était un « concentré d'électronique », qu'elle valait une fortune et que nos parents ne pourraient jamais nous en payer une pareille.

De tout le repas, Victor ne prononça pas un mot, mais je perçus son agacement. Sa mère l'élevait seule. Elle n'était pas bien riche et les feuilles et crayons qu'elle lui achetait étaient les seuls cadeaux qu'elle se permettait de lui offrir.

À la récréation de quinze heures, Victor ne descendit pas dans la cour. Prétextant un mal de crâne, il se rendit au CDI. Quand je montai le chercher pour aller en cours d'anglais, je poussai une exclamation de surprise. Pendant les dix minutes qu'il avait passées seul à sa table, Victor avait trouvé le moyen de représenter la montre d'Antoine avec une hallucinante perfection.

Un peu embarrassé que je m'en sois rendu compte, il glissa la feuille dans la chemise où il entassait certains de ses dessins. Je me gardai de lui adresser le moindre commentaire et songeai que, finalement, il était jaloux d'Antoine. Dessiner était sa manière à lui de posséder ce qu'il ne pouvait s'acheter.

Le cours avait commencé depuis une vingtaine de minutes et M. Lanson, le prof d'anglais, nous faisait écouter une cassette quand Antoine Caludin poussa un hurlement.

– Ma montre ! On m'a volé ma montre !

Le prof arrêta le magnétophone.

– Qu'est-ce que tu racontes ?

Antoine tendit le bras et remonta la manche de sa chemise. À son poignet, la montre brillait par son absence. Il était en larmes.

– Regardez, elle a disparu. On me l'a volée !

Fabrice Garapu, qui partageait sa table, affecta un air outragé.

– Monsieur, moi, je lui ai rien pris.

– Personne ne t'accuse ! répondit M. Lanson. Antoine, tu es certain que tu ne l'as pas laissée tomber quelque part pendant la récréation ?

Il redoubla de sanglots et secoua la tête.

Tout le monde commença à chercher la montre. On envoya deux élèves signaler la disparition au bureau de la vie scolaire au cas où ils l'auraient trouvée. Victor observait ce remue-ménage avec le sourire ironique que je lui connaissais bien. En désespoir de cause, M. Lanson, très gêné, nous demanda de vider nos poches et nos cartables. Nous nous exécutâmes en grommelant mais personne ne tenta de se soustraire à la fouille.

Le prof d'anglais ne trouva rien ! La montre s'était évaporée ! Antoine se répandit en pleurs et en hurlements et partit se calmer à l'infirmerie. M. Lanson fit ce qu'il put pour nous amener à reprendre le cours. La journée se termina vaille que vaille, noyée de reniflements, de rancœur et de regards méfiants.

En rentrant à la maison, les événements de la journée me tournicotaient dans la tête. Victor marchait à côté de moi et sifflotait. Je lui dis :

– Il y a quand même un truc bizarre, tu ne trouves pas ?

– Qu'est-ce qui est bizarre ? me répondit-il.

Je me sentais un peu stupide de lui dire ce à quoi je pensais mais je finis par me jeter à l'eau :

– Eh bien, tu dessines le vase posé sur l'armoire et il disparaît. Tu dessines la montre d'Antoine et elle se volatilise…

Victor s'arrêta et fourragea dans sa crinière écarlate avant d'éclater de rire.

– Tu as l'imagination qui galope, mon vieux Tom ! À mon avis, tu abuses des jeux vidéo et des romans fantastiques !

Son ironie avait fait mouche et je ne répondis pas. De toute façon, nous étions arrivés devant chez lui. Nous nous serrâmes la main et nous nous séparâmes.

Ce fut la fin de l'année. Par malchance, Mlle Massenet tomba malade. Nous restâmes sans prof d'arts plastiques pendant deux semaines puis la remplaçante, Mlle Lagrane, arriva.

Avec le temps, je ne saurais décider si c'était elle qui se montrait désagréable ou nous. Tout ce dont je me souviens, c'est que le courant ne passait pas entre les élèves et elle et que, chaque jour, nous lui faisions durement ressentir qu'elle n'était pas notre professeur en titre et que nous regrettions amèrement celle dont elle occupait la place.

Victor l'avait prise en grippe encore plus que les autres car, le jour de son arrivée, elle avait risqué une pauvre plaisanterie sur sa chevelure flamboyante. Il avait répliqué du tac au tac, ironisant sur ses mèches grasses et grises. Mlle Lagrane avait pris la mouche et lui avait donné une punition qu'il avait refusé de noter dans son carnet de correspondance. La discussion s'était envenimée et Victor s'était retrouvé dans le bureau de la CPE à copier deux fois le règlement intérieur.

La date de la sortie était proche et nous nous répétions qu'il ne restait plus que deux semaines à la supporter quand Mlle Lagrane eut la mauvaise idée d'organiser un concours de dessin libre. Il était évident pour tous que, cette fois, Victor remporterait la palme haut la main. Mais la semaine suivante, au moment de désigner le vainqueur, la prof tira une feuille du paquet et la laissa choir sur son bureau sans même nous la montrer.

– J'ai décidé d'exclure l'un de vous du concours. Ce n'est pas que ce soit mauvais ou maladroit. Non, c'est tout simplement hideux ! Je ne vous ferai pas l'affront de vous montrer cette horreur, avait-elle ajouté en fixant Victor dans les yeux. C'est de la mauvaise BD, du sous-manga, et je doute qu'on arrive à quoi que ce soit dans la vie quand on a l'esprit encombré de pareilles fadaises !

Nous fûmes deux ou trois à protester mais la prof nous foudroya du regard et nous restâmes cois, honteux de notre manque de courage. Mon ami blêmit, ses poings se serrèrent de rage mais il se tut.

Le week-end passa et le lundi, je repris le chemin du collège. Dans la journée, nous apprîmes une nouvelle qui nous réjouit : Mlle Lagrane n'avait assuré aucun de ses cours ! Le lendemain, le bruit courut qu'elle n'avait averti personne de son absence et que la direction en ignorait la raison.

Le jeudi matin, deux gendarmes vinrent s'entretenir avec le principal, et un surveillant nous révéla que la remplaçante s'était évanouie sans laisser de trace.

À la sortie de l'école, professeurs, parents et élèves commentaient cette étrange disparition. Le soir, au repas, comme j'abordais le sujet, mon père m'expliqua :

– Peut-être cette femme a-t-elle choisi de changer de vie. J'ai entendu un jour, aux informations, que près de neuf mille personnes s'évaporent dans la nature chaque année. La plupart quittent leur ville, leurs proches, changent d'identité et repartent à zéro. Je ne serais pas surpris que cette mademoiselle Lagrane soit devenue quelqu'un d'autre !

Disait-il cela pour me rassurer ? Je n'en sais rien, mais ça me plaisait assez d'imaginer la triste Mlle Lagrane teinte en blonde, affublée d'un bikini rose et bronzant quelque part au soleil en compagnie d'un éphèbe musclé.

Les vacances arrivèrent. Le premier jour de juillet, je me rendis chez Victor. Une odeur âcre de fumée empuantissait l'air du jardin qui s'étendait devant la petite maison que louait sa mère. Celle-ci, occupée à nettoyer ses plates-bandes, brûlait les mauvaises herbes. Je la saluai et j'allai retrouver mon ami. Il s'était installé à une table, sous le grand cerisier, pour pouvoir dessiner à son aise.

– Je me lance dans la BD ! m'annonça-t-il.

J'observai les planches qu'il avait terminées et sifflai d'admiration. Victor s'était surpassé. Les décors étaient magnifiques et les monstres nés de son imagination semblaient sur le point de jaillir des cases. Son carton à dessins était posé sur une chaise.

Tandis qu'il terminait un personnage, je me mis à feuilleter ses esquisses. Soudain, je m'interrompis. Sur l'une des feuilles, je reconnus le portrait en pied de Mlle Lagrane. Elle avait été représentée avec une telle vie, une telle justesse qu'un bref instant, je crus vraiment la voir en face de moi.

– Quand as-tu fait ce dessin ? demandai-je à mon ami. Je ne le connaissais pas.

Mon ami arqua les sourcils et se gratta le front.

– Aucune idée. Je me demande d'ailleurs pourquoi je l'ai conservé, je n'aimais pas cette bonne femme. Tu le veux ?

Je secouai la tête. Une espèce de terreur incontrôlable venait de s'emparer de moi.

Victor prit la page, la froissa et se dirigea vers le tas d'herbes enflammées. Je voulus lui dire : « Ne fais pas ça ! Donne-le-moi ! » mais les mots ne parvinrent pas à franchir le seuil de mes lèvres.

Il se pencha, laissa tomber le dessin dans les flammes puis revint vers moi. Ses yeux verts étincelaient et ses cheveux roux, dans le soleil de midi, lui tressaient une couronne écarlate. J'eus envie de me sauver mais mes jambes ne m'obéissaient plus. La boule de papier s'embrasa et un panache de fumée s'éleva vers le ciel.

Bien sûr, c'était il y a longtemps, bien sûr ma mémoire est parfois défaillante et mon imagination toujours fertile. Je ne pourrais évidemment le jurer, mais juste avant que le dessin ne se consume et qu'il n'en reste qu'une fragile coquille de cendres grises, il me sembla entendre un hurlement perçant, chargé de désespoir et de douleur.

La revanche de l'Ombre rouge

Il y avait à Paris, au 75 bis de la rue d'Orchampt, un garçon nommé Martin Aymard qui présentait l'étonnante particularité d'être le héros de romans d'aventures.

Énoncés ainsi, les faits paraissent insolites mais c'est pourtant bien en ces termes qu'il faut les formuler. En effet, la plupart du temps, Martin menait une vie on ne peut plus normale : il allait à l'école, au parc avec ses parents le dimanche, adorait les jeux de société, rechignait à débarrasser la table, à ranger sa chambre ou à faire ses devoirs. Mais à chaque vacances scolaires, avec une belle régularité de métronome, pfuuit ! il disparaissait pour affronter les extraordinaires dangers que se doit d'affronter un héros de roman.

Tout commença l'année de ses neuf ans, par un beau dimanche d'octobre. Martin arpentait en compagnie de ses parents les allées du jardin du Luxembourg lorsqu'il croisa Aimé Dutilleul.

Dutilleul était un écrivain en mal d'inspiration qui avait décidé qu'une promenade au grand air lui ferait le plus grand bien. Revigoré par la fraîcheur et les couleurs de l'automne, il avait senti germer en lui l'idée d'une série de romans d'aventures pour la jeunesse.

Seulement voilà, il lui manquait le personnage principal !

Or, ce n'est pas aussi simple que cela paraît, un personnage principal. Il faut que les lecteurs puissent s'identifier à lui, il doit être sympathique, courageux, lucide, beau, drôle, plein d'esprit et si possible intelligent.

Une image confuse dansait dans sa cervelle : celle d'un garçon d'une dizaine d'années à la silhouette gracile, aux yeux vifs, au front barré d'une longue mèche noire. Perdu dans ses pensées, Dutilleul posa ses yeux sur Martin.

– Maxence ! s'exclama-t-il.

Car s'il ne tenait pas encore son héros, du moins tenait-il son prénom.

– Ah non ! répliqua Mme Aymard. Il ne s'appelle pas Maxence mais Martin. C'est notre fils.

– Eh bien, votre fils est absolument parfait ! affirma Dutilleul. Et si j'osais, je vous offrirais…

– Vous nous offririez ? interrogea le père que le ton de l'inconnu intriguait.

– Je vous offrirais de l'engager.

S'ensuivit une discussion où le romancier proposa aux parents de Martin un accord financier particulièrement attrayant, à la condition que leur fils devînt le héros des nombreux romans que Dutilleul projetait d'écrire. Les époux Aymard, séduits par la promesse de cette manne, acceptèrent sans barguigner. Quant à Martin, qui trouvait parfois son existence un peu étriquée, il s'enthousiasmait déjà à l'idée d'affronter des hordes de Papous déchaînés, de voyager à dos d'éléphant ou de traverser le Grand Nord canadien en traîneau.

– Vous ne lui ferez pas subir des horreurs, au moins ? s'alarma la mère. Je ne veux pas que mon fils se retrouve suspendu au-dessus de crocodiles affamés, qu'il soit capturé par des sauvages ou mordu par des araignées géantes !

– Je ne m'abaisse pas à d'aussi piètres ficelles, répondit Dutilleul d'un air pincé. J'innove, madame !

En réalité, il adorait ce genre d'astuces très efficaces bien qu'un peu usées mais se garda de le révéler aux parents de Martin afin d'emporter leur accord.

– Et l'école ? ajouta M. Aymard en fronçant ses gros sourcils. Y avez-vous pensé ? Il ne s'agit pas que vos fantaisies lui fassent redoubler son CM1 !

– Rassurez-vous ! répliqua Dutilleul. Je n'écrirai les aventures de Maxence – je veux dire de Martin – que pendant les congés scolaires. Le reste du temps, je me contenterai de concocter mes scénarios, de donner des conférences où je parlerai de mes livres et de participer à des salons où le public se pressera pour acheter le dernier opus des aventures de Maxence.

– Ça ne règle pas le problème des devoirs à la maison ! reprit le père. Son maître lui en donne à chaque vacances.

Le romancier se frotta le menton.

– Eh bien, j'aménagerai mon scénario de manière à lui laisser un peu de temps chaque soir ! Martin pourra le consacrer à son travail personnel. D'autre part, je m'engage à soigner mes intrigues et mon style de manière à ce que les aventures qu'il vivra affinent son vocabulaire et enrichissent sa culture. Cela vous convient-il ? Je précise que le premier roman de ma série se déroulera en Afrique et que votre fils affrontera de répugnants trafiquants d'ivoire. Inutile de préciser que ce sera lui qui l'emportera à la fin et que la fille cadette d'un vétérinaire américain tombera folle amoureuse de lui !

Les parents, flattés, se rengorgèrent et considérèrent d'un nouvel œil leur rejeton. Martin avait suivi cette conversation avec attention. Devenir un héros de roman était exaltant et il se serait bien passé de l'école pour remplir cette fonction à plein temps. L'épisode des devoirs l'avait vivement intéressé et il avait espéré un moment qu'on l'en dispenserait définitivement. Comprenant que c'était une idée hors de propos, il avait fait contre mauvaise fortune bon cœur et s'était consolé en songeant que les avantages de sa nouvelle vie l'emporteraient sur les inconvénients.

Le lendemain, un acte en bonne et due forme fut établi par un notaire. À la demande expresse des époux Aymard, il y avait été stipulé que Martin conserverait son prénom. Dutilleul avait rechigné, arguant qu'il ne convenait guère à un personnage romanesque, mais comme les parents se montraient intraitables sur ce point, il avait cédé et le contrat avait été signé.

À peine rentré chez lui, Dutilleul se mit à l'ouvrage. Adepte des méthodes traditionnelles, il tailla un crayon, ouvrit un cahier à grands carreaux et commença à jeter ses idées pêle-mêle sur le papier. Puis, fidèle à sa promesse, il rédigea non pas le roman mais son plan détaillé.

Martin, qui jouait dans sa chambre, éprouva alors une sorte de vertige. Il faut dire que Dutilleul avait choisi de commencer son histoire par une scène palpitante : poursuivi par des guerriers-léopards, Martin traversait un pont de lianes suspendu au-dessus d'un fleuve aux eaux tumultueuses. Une tempête éclatait au même instant.

Un haut-le-cœur saisit Martin qui se sentit balancé de gauche et de droite comme une poupée dans la main d'un géant. Par bonheur, le romancier, qui butait sur une phrase, biffa rageusement sa page et décida d'aller boire un thé au jasmin en compagnie de son épouse. Martin reprit son souffle, termina son puzzle et se garda bien de raconter l'incident à ses parents.

Dans les semaines qui suivirent, il fut victime des menus tracas que suscite l'élaboration d'un scénario. Par exemple, lorsque Dutilleul eut l'idée de le faire mordre par un cobra, il déclencha une violente fièvre que sa mère mit sur le compte de la croissance. Quelques jours plus tard, le romancier ayant décidé de lui faire traverser un marais aux émanations méphitiques, il fut sujet à une crise d'asthme qui le laissa épuisé. Mais ces désagréments n'entamèrent en rien son enthousiasme et il attendit avec impatience les vacances de la Toussaint.

Elles commencèrent le jeudi 26 octobre. Sa mère lui avait préparé une valise contenant son nécessaire de toilette et des vêtements de rechange. Elle avait aussi glissé sous ses polos une tablette de chocolat aux amandes dont il était friand.

M. et Mme Aymard s'attendaient à ce que le romancier vienne chercher leur fils en voiture mais à midi, Martin disparut, sans même faire un peu de fumée ou projeter une lumière vive comme dans les films qu'ils avaient vus à la télévision.

Angoissée, Mme Aymard téléphona à Dutilleul qui lui fit répondre par sa femme que la situation était normale, qu'il avait commencé à écrire, que Martin se portait parfaitement bien et qu'il serait heureux qu'on ne le dérangeât pas à tout bout de champ pour des broutilles.

Dix jours s'écoulèrent. La veille de la rentrée, Martin réapparut à l'endroit même où il s'était évanoui. Il était radieux, bronzé et M. et Mme Aymard trouvèrent même qu'il avait grandi et forci. La minuscule cicatrice qui marquait sa joue droite avait de prime abord effarouché ses parents mais, après qu'il les eut rassurés, ils convinrent qu'un héros de roman d'aventures se devait de porter les stigmates de ses exploits. Après force embrassades et cris de joie, sa mère s'exclama :

– Tu dois être mort de faim, mon chéri !

Elle l'entraîna à table où fumait un gratin au chou-fleur.

– Eh bien, raconte-nous, maintenant ! dit son père.

Martin, qui détestait le chou-fleur en gratin, se prit à regretter les côtelettes de gazelles qu'il avait dégustées au bivouac durant ses aventures africaines. Réprimant un soupir, il noua sa serviette autour du cou, tendit son assiette et, résigné, entama le récit de sa décade tandis que ses parents se confondaient en « Oh ! » et en « Ah ! Pas croyable ! Quelle imagination, ce Dutilleul ! ».

Le romancier écrivait vite et le roman parut juste avant les fêtes de fin d'année. Le succès fut immédiat. En quelques jours, le livre se vendit à plusieurs dizaines de milliers d'exemplaires. Martin n'eut hélas pas le temps de savourer sa célébrité nouvelle car les vacances de Noël commençaient et il disparut du monde réel pour vivre de palpitantes aventures.

Les années passèrent au rythme enviable de trois romans par an et Martin devint la coqueluche du jeune public. Ses parents et lui vivaient désormais dans une aisance fort enviable.

À l'école, puis au collège, il suscita des jalousies. Ses camarades et certains de ses professeurs ne se privaient pas de lui faire savoir que, dans l'enceinte de l'établissement, il était un élève comme un autre. En revanche, la plupart des filles le couvaient de regards voraces et plus d'une, y compris chez les grandes de troisième, lui avait fait comprendre à demi-mot, ou même à mots entiers, qu'elle serait volontiers disponible s'il lui prenait la fantaisie d'avoir un jour une petite amie.

Il lui fallait encore affronter les remarques acerbes de ceux qui déclaraient, un sourire venimeux aux lèvres :

– Méfie-toi de ton auteur, il pourrait te faire mourir dans son prochain roman… Ça s'est vu !

Ce à quoi Martin répondait que Dutilleul ne se priverait jamais d'un personnage qui avait fait de lui l'un des hommes les plus en vue du pays.

Il y avait enfin ceux qui le poursuivaient pour savoir si, dans la suite de ses aventures, il retrouverait l'Ombre rouge, son éternel ennemi, ou sa nièce Tania, la belle Eurasienne. Tombée passionnément amoureuse de lui, Tania le protégeait en cachette des manigances de son adversaire. Martin avait beau répondre qu'il n'en savait rien, que c'était là le travail de l'auteur, pas le sien, il ne parvenait qu'à s'attirer des regards courroucés ou vexés.

Sa vie romanesque n'était pas non plus de tout repos. Dutilleul avait cru bon de lui adjoindre un compagnon, Bill Volodine, qui ne cessait de prendre de l'importance au fil des romans. À tel point que Martin se demandait parfois qui, de Bill ou de lui, était le véritable héros de leurs aventures. Il se consolait en pensant que le jour de sa majorité, il toucherait le pactole qui s'amassait sur son compte en banque et vivrait pour le reste de ses jours comme bon lui semblerait.

Les choses auraient pu se prolonger longtemps ainsi s'il n'était arrivé un événement auquel personne n'avait jamais songé.

Les vacances d'été venaient de commencer. Dutilleul s'était engagé dans la rédaction de *La Revanche de l'Ombre rouge*, que le public attendait avec une impatience fiévreuse. D'une plume alerte, il entama le chapitre trois.

La nuit était profonde. Martin quitta le sous-marin de poche qui lui avait permis de suivre l'Ombre rouge en plein cœur de l'océan Pacifique et nagea silencieusement en direction du navire. Il en fit le tour, trouva l'échelle de coupée, et entreprit de monter à bord.

Le pont était désert. Redoutant un piège, Martin se tapit derrière une bouche d'aération. Bien lui en prit, une silhouette approchait. C'était un homme brun, au visage émacié, vêtu de haillons crasseux. Notre héros reconnut un des redoutables Thugs de l'Ombre rouge, cette secte diabolique d'assassins, adorateurs de Shiva, toujours prête aux pires exactions. L'homme tenait à la main le lacet de cuir qui lui servait à étrangler ses victimes.

D'un bond, Martin fut sur lui. Il lui porta un atémi à la base du nez et le retint avant qu'il ne s'effondre à terre. Dressant l'oreille, il s'assura que personne n'arrivait et voulut dissimuler le Thug inconscient sous une pile de cordages. Il n'en eut pas le temps. Un coup violent à l'arrière de son crâne lui fit perdre connaissance.

Quand il se réveilla, il se trouvait dans une cage d'acier suspendue au-dessus de l'océan. Campé sur le pont du bateau, l'Ombre rouge le dévisageait de ses yeux froids.

– Alors Martin, tu ris moins, maintenant ! Dans quelques minutes, je serai définitivement débarrassé de toi.

Martin, s'attendait à ce que son ennemi lui assène un de ses longs discours dont il l'abreuvait à chaque fois qu'il se retrouvait à sa merci mais celui-ci déclara de nouveau :

– Alors Martin, tu ris moins, maintenant ! Dans quelques minutes, je serai définitivement débarrassé de toi.

Quand il eut répété sa phrase pour la cinquième fois, Martin comprit que quelque chose ne tournait pas rond et commença à s'inquiéter.

Il ne pouvait évidemment deviner que Dutilleul venait de succomber à une crise cardiaque. Au moment où il rendit l'âme, le romancier rédigeait cette scène qu'il méditait depuis longtemps et dont son imagination féconde lui avait permis de trouver l'issue. Comment Martin, prisonnier d'une cage métallique que l'Ombre rouge menaçait de précipiter d'une seconde à l'autre dans une fosse de l'océan Pacifique, s'en tirerait-il ? Dutilleul était fort heureux de sa solution et brûlait d'achever son chapitre.

Ce fut son épouse qui le découvrit, affalé sur le clavier de son ordinateur, un sourire désolé figé sur les lèvres.

Au grand désespoir de ses parents, Martin ne reparut pas. Il resta prisonnier du manuscrit et les funérailles de l'infortuné romancier furent doublées d'une seconde cérémonie, déchirante elle aussi : les adieux des époux Aymard à leur enfant perdu.

On avait évidemment du mal à qualifier une mort aussi surprenante et un journaliste décida que Martin avait « trouvé une fin glorieuse au service de la littérature ». La formule fut jugée heureuse et bon nombre des collègues romanciers de Dutilleul prétendirent alors que c'était là un destin dont on pouvait à juste titre s'enorgueillir, ce qui ne consola guère les parents du garçon.

Les journaux lui consacrèrent leurs manchettes pendant quelques jours puis leur intérêt se porta sur d'autres sujets largement aussi passionnants et l'on oublia Martin.

De son côté, celui-ci trouvait le temps long, suspendu dans sa cage au-dessus des vagues. Pour la millième fois peut-être, l'Ombre rouge venait de lui lancer :

– Alors Martin, tu ris moins, maintenant ! Dans quelques minutes, je serai définitivement débarrassé de toi.

Le garçon bâilla et répondit :

– Tu radotes ! Au cas où tu ne l'aurais pas remarqué, le scénario piétine…

L'Ombre rouge lui décocha l'un de ses regards empoisonnés qui terrifiaient ses adversaires.

– Ne joue pas au plus malin avec moi ! Tu essaies de sauver ta misérable peau, mais je te tiens !

– Pas du tout ! D'ailleurs, je te parie que Dutilleul est en panne d'inspiration. Essaie donc de jeter la cage à l'eau !

L'Ombre rouge ricana et ses pupilles étincelèrent avec une atroce cruauté.

– Puisque tu l'exiges… Adieu, Martin !

Il adressa un signe à l'un des membres de l'équipage. D'un geste brutal, le Thug abaissa une manette. L'Ombre rouge et ses acolytes s'attendaient à ce que la cage s'enfonce dans l'océan couleur d'azur mais elle ne bougea pas d'un pouce.

Les marins poussèrent des exclamations de surprise. Écarquillant les yeux, l'Ombre rouge fixa Martin. Celui-ci l'observait avec un sourire ironique.

– Alors, crois-tu toujours que je te raconte des mensonges ?

Son adversaire, déconcerté, haussa les épaules et s'assit sur le pont du navire. Groupés autour de lui, ses hommes avaient le visage grave. L'Ombre rouge soupira :

– Allons bon ! Nous voilà jolis si notre romancier est incapable d'achever son manuscrit ! Je ne me vois pas rester dans ce navire encore longtemps. Pour être honnête, je suis sujet au mal de mer. On peut faire quelque chose pour l'aider ?

Martin secoua la tête.

– Non, le scénario, c'est sa partie ! Ce qui m'étonne, c'est qu'il n'arrive plus à redémarrer. Jusqu'ici, les idées ne lui ont jamais manqué et il m'a même raconté, lors de notre dernière rencontre, qu'il maîtrisait cette histoire dans ses moindres détails.

– Et c'est moi qui l'emporte, cette fois ? demanda l'Ombre rouge d'une voix timide.

– Je n'en sais rien mais ça m'étonnerait ! répondit Martin. Au cas où tu l'aurais oublié, tu es le méchant et Dutilleul écrit pour un public d'adolescents. Ce ne serait pas moral.

L'argument était imparable et l'Ombre rouge se réfugia dans un silence meurtri.

– Ce qui m'inquiète… continua Martin.

– Quoi encore ?

– Ce qui m'inquiète, c'est qu'un problème grave soit arrivé à Dutilleul. Un accident par exemple. Dans cette hypothèse, on n'est pas sortis de l'auberge !

L'Ombre rouge contempla l'horizon lisse et bleu,

les nuages immobiles dans le ciel, le soleil planté une bonne fois pour toutes au zénith et répéta :

– Tu l'as dit, Martin, on n'est pas sortis de l'auberge !

Vingt ans s'écoulèrent. Inconsolables, les parents de Martin vieillirent et, rongés par le chagrin, menèrent une vie retirée. M. Aymard se consacra à sa collection de timbres et sa femme à des œuvres de charité.

Dutilleul avait laissé derrière lui une femme adorée et une ravissante petite fille âgée de sept ans, Amélie. Ses romans étaient régulièrement réédités et leur succès ne se démentait pas en dépit des années. Mme Dutilleul, anéantie par la perte de son époux, ne survécut qu'une dizaine d'années à ce dernier. Restée orpheline, Amélie, fidèle à la mémoire de ses parents, poursuivit de brillantes études et devint elle-même romancière. Elle publia plusieurs textes qui connurent un succès d'estime, mais certes pas les tirages faramineux des romans de son père.

Un jour qu'elle fouillait dans ses archives, pieusement conservées par sa défunte mère, elle tomba sur un manuscrit inachevé intitulé *La Revanche de l'Ombre rouge.* Fébrile, elle lut les quarante feuillets que Dutilleul avait eu le temps d'écrire et les trouva tellement réussis qu'elle décida sur-le-champ de terminer cette histoire afin de rendre hommage à son cher papa. Amélie y consacra environ huit mois car elle écrivait moins vite que son père et avait eu beaucoup de mal à tirer Martin de la fâcheuse situation dans laquelle ce finaud de Dutilleul l'avait abandonné.

Le jour où Amélie tapa le point final du roman sur son ordinateur, Martin réapparut dans sa chambre, à l'endroit exact qu'il avait quitté deux décennies plus tôt.

Il sortit de la pièce et vit, assis sur le canapé du salon, deux vieillards qu'il ne reconnut pas. Ceux-ci, effarés, se demandèrent qui était cet enfant qui ressemblait tant à leur fils défunt. Mais quand Mme Aymard demanda d'une petite voix : « C'est toi Martin ? » il comprit qui ils étaient et tomba dans leurs bras. Après avoir bien pleuré, son père le prit sur ses genoux et lui raconta la mort de Dutilleul.

– Nous pensions bien ne plus jamais te revoir, mon chéri.

Il grimaça et ajouta :

– Bon sang, mais qu'est-ce que tu pèses lourd !

C'est que, sans qu'ils s'en rendent compte les uns

et les autres, les années que Martin avait passées hors du monde le rattrapaient à toute allure. Ce fut bientôt un adolescent, puis un garçon de vingt ans, puis un bel homme de trente-trois ans qui se retrouva assis sur les genoux de M. Aymard.

Martin, confus, se releva et s'excusa. Il fallut lui trouver des vêtements à sa taille car ceux qu'il portait étaient tombés en poussière tandis qu'il vieillissait.

– Ce que je ne comprends pas, déclara Martin en terminant d'enfiler le costume de mariage de son père, c'est pourquoi je suis revenu !

Ses parents se contentèrent de lui sourire.

– L'important, c'est que tu sois là ! affirma sa mère. Je vais te préparer un bon repas pour fêter ton retour. Justement, j'ai un beau chou-fleur au réfrigérateur. Je vais en faire un gratin. Tu adorais ça, autrefois.

Mais Martin ne l'écoutait plus et réfléchissait à toute allure.

– Je sais ! s'exclama-t-il en levant l'index au ciel. Quelqu'un a terminé le manuscrit ! Il faut que je découvre qui !

Son père hocha la tête.

– Ça doit être la fille Dutilleul. J'ai vu à la télé qu'elle écrit des romans et…

Son fils n'attendit pas la fin de la phrase. Il se précipita dehors en criant :

– À tout de suite, je reviens pour le dîner !

Il courut à perdre haleine et traversa la moitié de Paris pour se rendre chez Dutilleul. Bien sûr, sa fille pouvait avoir déménagé mais, avec un peu de chance, elle aurait conservé l'appartement familial.

Quand il fut arrivé et qu'il voulut entrer, il constata que la porte vitrée lui résistait. Avisant une série de noms, il chercha celui de Dutilleul et trouva une Amélie Dutilleul qui lui sembla de bon aloi. Il pressa le bouton de l'interphone. Au bout de quelques secondes, une voix délicieusement acidulée sortit du haut-parleur.

– Oui ?

– C'est Martin Aymard !

– Ça par exemple ! s'exclama Amélie. Si je m'attendais à vous rencontrer ! Montez !

Dédaignant l'ascenseur, il gravit les escaliers quatre à quatre. Amélie l'attendait sur le palier. Elle était si jolie qu'il en tomba aussitôt amoureux. Comme il était fort joli garçon lui aussi, elle le regarda avec un œil brillant qui lui mit le feu aux tempes.

– Amélie, voulez-vous m'épouser ? lui demanda-t-il, rose d'émotion.

La proposition était un peu brutale mais il ne faut pas oublier que, une heure auparavant, Martin était encore un jeune garçon de treize ans, fort inexpérimenté avec les personnes du sexe opposé.

– Eh bien, balbutia-t-elle, voilà qui est un peu soudain.

Amélie s'effaça et montra l'intérieur de l'appartement.

– Entrez déjà boire un verre, Martin. Nous avons des tas de choses à nous raconter.

Le mariage fut célébré quatre mois plus tard. Le même jour que la sortie de *La Revanche de l'Ombre rouge* qui fut un formidable succès de librairie. Le jeune couple fit la une des journaux, devint la coqueluche des plateaux télé, mena une existence mondaine, et fila pendant quelque temps des jours insouciants et heureux.

Un jour qu'Amélie contemplait, éblouie, les chiffres de vente du roman dont Martin était le héros, elle lui demanda tout à trac :

– Mon amour, que dirais-tu de devenir le personnage principal d'une série que j'écrirais ? Beau comme tu es, je te verrais bien en journaliste intrépide ou en policier torturé.

– Très peu pour moi ! répliqua Martin. J'en ai soupé des romans d'aventures et, s'il t'arrive malheur, je n'ai pas envie de répéter pendant vingt ans la même scène !

La jeune femme eut du mal à réprimer sa contrariété.

– Mais je suis jeune et en bonne santé ! Je te promets de n'écrire ni les week-ends ni durant les deux mois d'été. Nous les passerons ensemble, en amoureux, ajouta-t-elle en lui lançant son plus charmant sourire.

Martin l'ignora et se replongea dans la lecture d'un magazine. Amélie, froissée, se leva et s'enferma dans son bureau. Bientôt, Martin entendit à travers la porte le bourdonnement de son ordinateur. Pourquoi l'avait-elle allumé ? Pris d'une soudaine angoisse, il quitta le canapé en hâte. Quand il entra dans la pièce, Amélie avait déjà posé ses mains sur le clavier et commençait à écrire.

– Non ! cria-t-il. Je t'en supplie, ne…

Il se volatilisa avant d'avoir eu le temps de terminer sa phrase.

– Désolé, mon chéri, murmura la jeune femme, mais la littérature n'attend pas.

Amélie revint vers son écran, mordilla ses lèvres roses puis recommença à pianoter.

Avec Martin comme héros, elle était certaine que son roman pulvériserait ses précédents chiffres de vente.

Le centre aéré

Bastien et moi devions nous retrouver au centre aéré. Nos parents s'étaient donné rendez-vous à huit heures et demie et je ne pouvais m'empêcher de guetter le passage des minutes sur l'horloge du tableau de bord.

Je ne peux pas dire que j'étais angoissé mais, à chaque fois que je découvre un lieu ou des gens nouveaux, une petite boule désagréable se forme dans ma gorge et gêne ma respiration.

La grosse voiture des Lefranc était déjà garée sur le parking quand nous sommes arrivés. Bastien en a jailli et m'a adressé des signes joyeux. J'ai ouvert ma portière et je l'ai rejoint. Il a tendu sa main et m'a dit, en prenant la voix de Buzz l'Éclair :

– Salut, Martin ! En route pour l'infini… et au-delà !

J'ai claqué ma paume sur la sienne et j'ai éclaté de rire. En moins d'une seconde, la petite boule s'était évanouie. Et mon appréhension avec.

Bastien était mon meilleur copain. Depuis la maternelle. Autant dire une éternité. En tout cas, je ne connaissais personne avec qui j'avais autant de plaisir à m'amuser. Nous aimions les mêmes gens, les mêmes jeux, les mêmes films. Nous nous ennuyions de la même façon. Bastien, c'était comme mon frère !

Quand, un mois plus tôt, ma mère avait expliqué à M. et Mme Lefranc qu'elle m'inscrirait au centre aéré pour les vacances de la Toussaint, ceux-ci avaient trouvé l'idée excellente et décidé d'y envoyer aussi leur fils.

Moi, ça m'avait rassuré de ne pas me retrouver seul dans un endroit où je ne connaissais personne.

Abandonnant le groupe d'adultes, mon père a pris ma main et m'a montré le terrain qui s'étendait à la droite des bâtiments. J'ai aperçu des agrès et un toboggan sur lequel quelques enfants jouaient sous la surveillance d'un jeune homme en survêtement.

– Tu vas voir, Martin, je suis sûr que vous allez vous régaler ! Ce centre aéré a une excellente réputation.

– Même la cantine est délicieuse, paraît-il ! a ajouté ma mère en me lançant un clin d'œil. Enfin, c'est ce qu'affirme le directeur. Tu nous raconteras ce soir.

Nous nous sommes dirigés tous les six vers une petite maison accolée au bâtiment principal. Une jeune fille brune assise à une table de camping s'occupait de l'accueil des arrivants. Elle nous a dit s'appeler Cléa puis elle a inscrit mon nom et celui de Bastien dans un registre. Papa m'a ébouriffé les cheveux.

– Ça va, mon grand ?

J'ai acquiescé. Mes parents m'ont embrassé. Ils ont serré la main des Lefranc et ils sont partis en me disant : « À ce soir. » Les parents de Bastien, qui s'étaient attardés avec un moniteur, les ont rapidement suivis.

Je me sentais un peu triste mais j'ai essayé de ne rien montrer de ce que j'éprouvais. Je crois bien que Bastien était dans le même état que moi. Rapidement, les adultes nous ont réunis dans une salle et un monsieur, qui s'est présenté comme le directeur, a constitué les groupes.

Étant du même âge, Bastien et moi nous sommes retrouvés ensemble.

Notre moniteur, Alexandre, était un grand type costaud qui nous a immédiatement entraînés à l'extérieur pour une partie de ballon prisonnier. Ensuite, il a distribué un goûter. Il faisait très doux. Je me suis assis dans l'herbe pour manger mon gâteau et j'ai observé les membres de mon groupe.

L'un d'eux était étrange. C'était un garçon au visage poupin, aux traits fins, presque féminins, aux cheveux mal coupés et trop longs. Il paraissait émerger à chaque seconde d'un rêve biscornu. Quand il posait ses yeux sur vous, on avait l'impression qu'il ne vous voyait pas. Ensuite, c'était comme si une buée quittait ses pupilles et il vous souriait. Plusieurs fois, je l'avais entendu parler seul, à voix basse.

– Qui c'est ? ai-je demandé à Romain, un garçon avec qui j'avais sympathisé pendant la partie de ballon prisonnier.

Il a suivi mon regard.

– Ça ne m'étonne pas que tu l'aies remarqué. Il vient ici les mercredis après-midi et pendant les vacances.

Son nom, c'est Landry, mais on l'appelle le dingo. Il est sympa mais par moments, il fout la trouille aux petits.

– La trouille ? a demandé Bastien. Pourquoi, il est agressif ?

Notre copain s'est mordu les lèvres pour ne pas rigoler.

– Agressif, lui ? Non. C'est qu'il parle de trucs qui n'existent pas. Par exemple, il affirme que des enfants du centre aéré ont été enlevés. Il donne même des noms. Il les décrit. Tu penses que les gamins de six ans, ça les terrorise !

Romain paraissait s'amuser beaucoup. Moi, j'éprouvais une angoisse diffuse. Inexplicable. Les muscles de mon dos se contractaient douloureusement. J'ai croisé le regard de Bastien. Il n'est pas du genre à s'affoler mais là, j'ai bien vu qu'il n'en menait pas plus large que moi.

– Et c'est vrai ?

Romain a vissé son index sur sa tempe et lui a imprimé un mouvement énergique.

– Tu rigoles ? Jamais personne n'a disparu d'ici ! Vous pensez bien que si c'était le cas, la police aurait fait une enquête et le centre aurait été fermé. Il y a un mois, le directeur s'est fâché et a menacé de le renvoyer s'il continuait à raconter ses salades. En fait, Landry, il invente tout, mais il paraît tellement sûr de lui qu'on finit par y croire, à ses délires.

– Bon, eh ben moi, s'il vient me casser les pieds avec ses bobards, a conclu Bastien, je lui dirai de dégager vite fait et ce sera terminé !

Les autres ont éclaté de rire et on a changé de sujet.

Le reste de la matinée a été consacré à des activités d'intérieur puis on s'est tous retrouvés au réfectoire. Le déjeuner était aussi savoureux que maman me l'avait prédit. Après le repas, on a eu quartier libre en attendant de reprendre les activités encadrées.

Bastien et moi, on s'est installés sur un banc, sous un arbre planté en face de l'accueil, et on a commencé à discuter du centre, des moniteurs et de nos nouveaux copains.

– Tiens, s'est étonné soudain Bastien, regarde qui se ramène : le dingo !

Effectivement, Landry venait dans notre direction. Quand il est arrivé à deux mètres de nous, il s'est arrêté et nous a dévisagés avec attention. Il a cligné des yeux à plusieurs reprises puis il a passé sa main sur son visage, comme pour en enlever une toile d'araignée, et l'a secouée.

– Vous savez ce qui se passe ici ? nous a-t-il demandé. Enfin, pas tout le temps…

Bastien a haussé les épaules en signe d'agacement. Je me suis contenté de faire non de la tête.

Landry est venu s'asseoir au bord du banc et a montré le parking.

– C'est… c'est par là qu'*ils* viennent.

Sa voix grelottait.

– Qui ça *ils* ? s'est énervé Bastien.

D'un geste précieux, notre interlocuteur a repoussé ses cheveux derrière ses oreilles puis ses mains ont papillonné dans le vide.

– De toute façon, on ne me croit pas quand je dis ce que je sais.

– Et tu sais quoi ? ai-je interrogé.

– Tu vois pas qu'il débloque ! m'a interrompu Bastien. Allez, on s'en va, il me fout les jetons !

Landry a voulu se lever mais je l'ai retenu. Quelque chose dans son expression me disait qu'il ne plaisantait pas.

– Non, reste, je t'en prie ! Moi je te crois. Qu'est-ce que tu sais ?

Ses mains, emportées par un mouvement irrépressible, ont de nouveau virevolté devant ses yeux. Quand il les a rabaissées, j'ai découvert son visage convulsé de tics.

– Eh bien parfois, ce ne sont pas les parents qui viennent chercher leurs enfants et qui les emmènent.

J'ai eu du mal à retenir mon hilarité et Bastien a laissé échapper un soupir atterré.

– C'est normal, ai-je répondu. Si mes parents ne peuvent pas se libérer, c'est ma tante ou le père de Bastien qui me ramènera chez moi. La direction du centre est au courant.

– Ce n'est pas ce que je voulais dire, a repris Landry, mal à l'aise. En fait, ceux qui viennent le soir sont comme les parents, ils leur ressemblent à la perfection, mais ce ne sont pas les parents. Et personne ne s'en rend compte.

– Personne à part toi, bien sûr ! s'est emporté Bastien. Et ils sont où, pendant ce temps, les vrais parents ? Ils attendent qu'on leur pique leurs enfants ?

– Je l'ignore, a reconnu le dingo.

– Et ils en font quoi des enfants, gros malin ? a poursuivi Bastien. Ils les bouffent ?

Le dingo a mordu l'ongle de son pouce et une épouvantable expression de terreur a déformé ses traits. Il a balbutié :

– Ils les… En fait, je n'en sais rien. Personne ne les revoit jamais. Personne ne s'en souvient ! Ces enfants s'évanouissent et c'est comme s'ils n'avaient jamais existé.

– Tu nous prends pour des débiles ! a explosé mon ami. Et toi, Martin, tu l'écoutes ?

Bastien m'a foudroyé du regard. Il a flanqué un coup de pied dans le banc et il est parti à grandes enjambées vers le bâtiment.

– Je suis désolé, a murmuré Landry. Ton copain me prend pour un fou.

– Reconnais qu'il y a de quoi se poser des questions…

J'allais suivre Bastien quand le dingo m'a retenu par la main et m'a dit :

– Écoute-moi ! Si par malheur ça t'arrivait, ne mange rien de ce qu'*ils* t'offriront. S'*ils* essaient d'entrer dans ta chambre, dis-leur simplement : « Vous savez bien que vous ne pouvez pas entrer ici. » *Ils* n'insisteront pas. Ensuite, attends le matin. *Ils* te ramèneront ici.

Une fois de plus, j'ai eu droit à la danse folâtre de ses mains. Elles ont fini leur course devant sa bouche, étouffant à moitié ses paroles.

– Comment tu sais ça, toi ?

Il m'a souri, a montré le parking et m'a dit :

– Parce que je suis revenu. Et maintenant, si je veux m'en sortir, il faut que quelqu'un me croie et revienne à son tour.

Qu'est-ce que je pouvais répondre à de pareilles sornettes ? J'ai gentiment tapoté son épaule et je l'ai abandonné à ses divagations.

Le reste de la journée a passé très vite. Alexandre nous a emmenés faire une grande balade dans les bois puis nous avons consacré le reste de l'après-midi à confectionner des masques pour la fête du vendredi. Plusieurs fois, j'ai essayé de parler à Bastien. J'avais envie de lui rapporter la fin de la discussion avec Landry mais il me battait froid, comme s'il m'en voulait de l'avoir écouté jusqu'au bout.

Ce n'est que le soir, quand j'ai aperçu la voiture de mes parents se garer sur le parking, qu'il m'a lancé avec un sourire en coin :

– À demain, Martin. Et fais gaffe !

Je l'ai regardé avec surprise. Bastien a levé ses deux bras et a replié ses doigts comme des griffes.

– Tu sais bien que les forces obscures sont parmi nous !

J'étais content de voir qu'il ne me faisait plus la tête. On s'est serré la main et j'ai couru retrouver mes parents. Ils m'ont embrassé et, une fois dans la voiture, ils m'ont pressé de questions sur ma journée. Ravi, je la leur ai racontée dans les moindres détails, en omettant toutefois les « révélations » de Landry. Je n'avais pas envie qu'ils se moquent de lui ou qu'ils m'interdisent de lui adresser la parole.

Bientôt, épuisé par ma journée, je me suis tu et j'ai commencé à somnoler, bercé par le ronronnement du moteur, l'atmosphère tiède qui régnait dans l'habitacle.

J'allais m'endormir quand un cahot m'a tiré de ma torpeur. À travers mes yeux mi-clos, j'ai aperçu mes parents qui me fixaient. Ma mère, passe encore, mais mon père…

C'était impossible : la voiture avançait à toute allure et il tenait le volant ! Je me suis alors rendu compte que seules leurs têtes avaient pivoté vers moi, sans que leurs corps aient bougé d'un centimètre. Ils avaient le visage tendu, avide…

J'ai poussé un cri et je me suis débattu. Ma mère s'est retournée, alarmée, et m'a demandé :

– Qu'est-ce qui se passe, mon chéri ?

J'avais rêvé ! Je m'étais laissé piéger par un monstrueux cauchemar que cette ridicule conversation avec Landry avait évidemment nourri. Reprenant mes esprits, j'ai bredouillé :

– Rien, m'man, un rêve bizarre. Cette journée m'a fatigué…

Elle a hoché la tête :

– Ça ne m'étonne pas. Les activités de plein air sont exténuantes et creusent l'appétit. Je t'ai préparé un bon repas. Ensuite, tu n'auras qu'à te coucher tôt.

Papa a remonté l'avenue de la Libération et a tourné sur la gauche. Nous sommes arrivés dans notre rue. Il s'est garé. J'étais content de retourner à la maison et la perspective du dîner me mettait en joie. Un feu crépitait dans la cheminée du salon. Je me suis affalé dans un fauteuil et je suis resté un instant à regarder danser les flammes. Dehors, la nuit était tombée, si ténébreuse, si épaisse qu'on l'aurait dit peinte sur les vitres des fenêtres.

Souvent, on entend les trains de la gare toute proche mais là, il régnait un silence d'une extraordinaire densité.

Mon père a posé un bol rempli de cacahuètes sur la table basse. Lorsqu'il s'est assis, j'ai entendu un léger cliquetis, pareil à celui de baguettes qu'on entrechoque.

– C'est quoi ce bruit ?

Il m'a regardé sans comprendre.

– Quel bruit ?

J'avais vraiment les nerfs à fleur de peau. Il m'a tendu le bol.

– Tu en veux ?

J'ai avancé la main puis, au dernier moment, je l'ai retirée. Les cacahuètes étaient grisâtres, toutes ridées, pas du tout appétissantes. Elles devaient traîner depuis des mois dans une boîte au fond du placard.

– Non merci, ai-je répondu, je n'ai pas faim.

Un rictus de contrariété a crispé ses lèvres. Il s'est renfoncé dans son fauteuil, a plongé sa main dans le bol et s'est mis à mâchonner les graines grises sans un mot. Maman s'affairait dans la cuisine. Je l'ai rejointe. Elle m'a accueilli avec un sourire éblouissant.

– Pas trop faim, Martin ? Le dîner sera bientôt prêt.

J'ai jeté un coup d'œil à travers la vitre du four. Un énorme rôti achevait de dorer. D'habitude, j'en aurais eu l'eau à la bouche, mais là, je ne sais pas pourquoi, j'ai éprouvé un irrépressible dégoût. Les paroles de Landry résonnaient dans mes oreilles : *« … si par malheur ça t'arrivait, ne mange rien de ce qu'ils t'offriront. »*

« Pauvre débile ! ai-je pensé. Qu'est-ce que tu es en train de t'imaginer ? »

– Martin, tu ne me réponds pas ? a demandé ma mère, surprise par mon mutisme.

– Euh… si. C'est juste que je n'ai pas faim. J'ai trop mangé à midi. En fait, je me sens un peu malade. Je vais m'allonger.

Comme papa, elle n'a rien manifesté mais j'ai perçu son mécontentement. Mal à l'aise, je suis sorti de la cuisine et je suis monté dans ma chambre. Par la porte du salon, j'ai entraperçu mon père qui regardait fixement le feu, aussi immobile qu'une statue.

Une fois dans ma chambre, j'ai essayé de me calmer, sans y parvenir. Une ritournelle exaspérante résonnait dans ma cervelle. J'entendais la voix de Landry répéter : « *En fait, ceux qui viennent le soir sont comme les parents, ils leur ressemblent à la perfection, mais ce ne sont pas les parents. Et personne ne s'en rend compte.* »

Landry était fou à lier, c'était évident ! Alors pourquoi est-ce que je me laissais envahir par la peur ? La peur de quoi, d'ailleurs ? Des parents qui se préoccupent de savoir si leur fils a faim, rien de plus normal, non ? Et si les cacahuètes avaient un drôle d'aspect, c'est qu'elles étaient trop vieilles !

J'ai eu besoin de téléphoner à Bastien pour lui livrer mes angoisses. Il se ficherait un bon coup de moi et tout rentrerait dans l'ordre. Plutôt que de descendre au salon, je suis allé dans le bureau de mon père. J'ai décroché le combiné. Aucune tonalité. Surpris, j'ai appuyé à plusieurs reprises sur le bouton d'appel. Toujours rien. J'ai songé utiliser celui du salon mais je n'avais pas envie d'appeler devant mes parents. Je voulais parler à mon copain sans que quiconque épie notre conversation.

Gagnant la fenêtre, j'ai posé mon front contre la

vitre. Elle était glacée. J'ai essayé de distinguer les lumières de la ville au travers mais on aurait dit qu'une coulée d'encre avait obscurci le paysage.

Dehors, c'était le néant. Notre maison était devenue une espèce de vaisseau fantôme naviguant sur un océan de noirceur. Obéissant à une impulsion brutale, j'ai tenté d'ouvrir la fenêtre. Elle était bloquée alors que j'étais certain de l'avoir vue entrebâillée la veille. J'ai regagné ma chambre. Derrière les carreaux, la nuit était impénétrable. Je n'ai même pas essayé de tourner la poignée de ma fenêtre. J'étais certain qu'elle me résisterait.

J'avais l'insupportable certitude à présent que je n'étais pas chez moi. J'étais dans un endroit qui en était la reproduction exacte, avec des gens qui avaient l'apparence de mes parents mais qui n'étaient pas eux. J'ai observé mon lit, mon bureau, ma bibliothèque. Soudain, ces objets familiers me semblaient inquiétants. Étrangers. Ils semblaient appartenir à un décor de théâtre.

– Arrête ! ai-je murmuré. Tu dérailles !

La tête me tournait. Je me suis allongé sur le lit et me suis relevé aussitôt. Des pas résonnaient dans l'escalier. D'un bond, je suis sorti de ma chambre et j'ai fait irruption dans le couloir. Mes parents se tenaient côte à côte, très raides, et me souriaient.

– Ça va mieux, fiston ? a demandé mon père.

Sa voix était légèrement sifflante.

– Très bien, merci.

– Tu viens manger ? a poursuivi ma mère.

J'ai incliné le menton et je les ai suivis à contrecœur jusqu'à la cuisine. Sur la table, trônait une énorme pièce de viande fumante. Elle répandait un parfum poivré, entêtant, mêlé d'arômes indéfinissables. Nous nous sommes assis. Mon père a pris un couteau et l'a enfoncé dans le rôti. Dans un abject bruit de succion, la chair s'est fendue en une plaie rosâtre.

Il a coupé des tranches épaisses. Le sang rouge sombre, presque noir, qui s'accumulait au fond du plat m'a arraché un haut-le-cœur. J'ai mis ma main devant ma bouche.

– Qu'est-ce que tu as ?

Ma mère avait piqué un morceau de viande et s'apprêtait à le poser dans mon assiette. J'ai repoussé sa main. Elle était froide et sèche.

– Non merci, maman. Je ne pourrai rien avaler ce soir.

– À ton âge, il faut manger, a insisté mon père.

Alors, sans trop savoir pourquoi je prononçais ces mots précis, j'ai dit :

– *Vous savez bien que je ne peux rien manger ici.*

Ils se sont pétrifiés, leurs yeux posés sur moi, longtemps, puis ils se sont regardés. Les doigts de ma mère pianotaient sur la table comme des pattes d'insecte, ses ongles cliquetant en cadence. Mon père s'est passé la langue sur les lèvres. Elle était aussi écarlate que le sang qui ruisselait du rôti.

– Alors va te coucher, a ordonné ma mère sur un ton irrité.

Sans attendre, j'ai posé ma serviette et je suis sorti de la cuisine. Avant de retourner dans ma chambre, j'ai fait un crochet par le salon et j'ai soulevé le combiné. Pas de tonalité.

De la cuisine, me parvenaient des sons répugnants : déglutitions, mâchonnements, clapotis, halètements.

Ils mangeaient.

Je me suis bouché les oreilles et j'ai monté les escaliers. Une soif terrible me tenaillait. Je suis allé à la salle de bains et j'ai ouvert le robinet du lavabo. Un mince filet d'eau s'est mis à couler. Elle était légèrement trouble, visqueuse, et une odeur bizarre s'en dégageait. Je me suis approché et j'ai reniflé. Ça sentait le vieux, la vase. Et puis le liquide s'est tari et les tuyaux ont fait entendre une drôle de plainte. J'ai couru m'enfermer dans ma chambre et je me suis glissé sous les draps, sans même me déshabiller.

Je n'entendais aucun bruit en bas. Un martèlement sourd résonnait dans mon crâne et j'ai mis longtemps à comprendre qu'il s'agissait des battements de mon cœur. Je sentais la panique monter. Si je ne me calmais pas, j'allais me mettre à hurler.

« Tu ne dois pas craquer, me répétais-je. Tu n'as pas le droit de craquer ! Landry s'en est bien sorti, lui ! »

Je me suis assis dans le lit, me raccrochant aux objets de mon quotidien : mes jouets, mes livres. Il me semblait maintenant les percevoir à travers une lentille ou un verre déformant. Ma chaise, mon bureau étaient tordus, la porte et la fenêtre partaient de guingois, le tapis se couvrait de boursouflures. Affolé, j'ai posé mes mains sur mes yeux et j'ai essayé de ne pas éclater en sanglots.

Un cliquetis m'a fait sursauter. Mon père et ma mère se tenaient sur le seuil de ma chambre.

– Tu n'as toujours pas faim ? m'a demandé ma mère.

J'ai secoué la tête, terrifié à l'idée qu'ils s'approchent de moi. Ils n'ont pas bougé. Ils se tenaient très raides, les bras ballants.

De longs bras. Trop longs. Trop maigres.

Leurs mains s'ouvraient et se refermaient très lentement, semblables à ces créatures marines, moitié animal, moitié fleur, qui palpitent et frissonnent au plus léger courant. Mon père a déplié son index qu'il a pointé vers moi :

– À ton âge, il faut manger. Nous, nous avons mangé.

– Et pourtant, a renchéri ma mère, nous avons encore faim.

Ses yeux étincelaient, les ailes de son nez frémissaient et ses lèvres cramoisies étaient distendues par un sourire vorace.

– Pouvons-nous t'embrasser pour la nuit, mon chéri ?

Sa voix était déplaisante, légèrement rauque. Elle a fait mine d'avancer.

– Non ! *Vous savez bien que vous ne pouvez pas entrer ici.*

Une expression d'exaspération s'est gravée sur sa face.

– Allons, Martin, a insisté mon père, il est normal que des parents souhaitent une bonne nuit à leur enfant.

Son ton était sans appel. Je me suis tu. Bientôt, leur exaspération a cédé la place à une sourde colère. J'en sentais les vibrations parvenir jusqu'à moi. Pourtant, ils ne bougeaient pas, retenus par une muraille invisible. Je ne pourrais pas dire combien de temps cela a duré. Ma mère, soudain, s'est retournée d'un bloc et mon père l'a suivie. J'ai entendu leurs pas cliquetants s'éloigner et disparaître. Harassé, je me suis rallongé. Je claquais des dents. Mes bras et mes jambes étaient traversés d'élancements douloureux.

Je n'ai pas fermé l'œil de la nuit, m'attendant à ce qu'ils reviennent d'une minute à l'autre, mais la maison restait atrocement silencieuse. Au matin, ça a été comme si des écailles noires se décollaient des vitres. Le jour a empli ma chambre. À huit heures, je suis descendu. Mes parents étaient assis dans le salon, face à face. Quand ils m'ont vu, ils se sont levés. Nous sommes sortis et nous avons regagné la voiture. J'avançais dans une sorte de brouillard, abruti par la fatigue et la peur. Le voyage m'a paru très court. Mon père s'est garé. J'ai ouvert la portière et je suis sorti. Ils sont repartis sans un regard dans ma direction.

Voilà. Je suis revenu. Je regarde ma montre. Il est huit heures trente. Je m'en suis sorti. De quoi ? Je ne sais pas, mais Landry ne mentait pas. Je meurs de soif. Devant moi, se profilent les bâtiments du centre aéré. Des enfants jouent devant, crient, s'amusent. Qui me croirait si je racontais ce que j'ai vécu ?

Je remonte vers les bâtiments. Je croise deux garçons accompagnés d'une fille blonde. Ils me regardent et ricanent. Je dois avoir une tête de déterré.

Cléa, la monitrice qui s'occupe de l'accueil, console un petit qui pleure à chaudes larmes. Il est assis sur ses genoux. Je me dirige vers elle et je lui demande :

– Bonjour, est-ce que Bastien est là ?

Elle fronce les sourcils.

– Qui ?

– Bastien. Bastien Lefranc. On est arrivés ensemble hier matin.

Le registre des absences est ouvert. Elle suit de l'index une liste et me regarde.

– Il n'y a personne de ce nom inscrit au centre aéré. Tu es sûr que tu n'as pas rêvé ?

Mes jambes flageolent. D'un geste nerveux, je repousse mes cheveux derrière mes oreilles.

– Et Landry, il est là ?

Cléa éclate de rire.

– Celle-là, tu ne nous l'avais jamais faite ! Allez, file, andouille !

D'un pas chancelant, je me dirige vers les toilettes. Je me penche sur le lavabo, j'ouvre le robinet et je bois à m'en faire exploser l'estomac. Puis j'éclabousse mon visage, je le lave, je le frotte à m'en arracher la peau.

Bastien ? Où est Bastien ? J'ai envie de pleurer. Des bribes de notre conversation avec Landry me reviennent :

« Et ils en font quoi des enfants, gros malin ? Ils les bouffent ? »

« Ils les… En fait, je n'en sais rien. Personne ne les

revoit jamais. Personne ne s'en souvient ! Ces enfants s'évanouissent et c'est comme s'ils n'avaient jamais existé. »

Je laisse fuser un gémissement car une certitude m'habite, à présent : Bastien n'a pas voulu entendre les conseils du dingo ! Bastien a mangé ce qu'on lui a donné. Bastien a laissé ses « parents » entrer dans la chambre !

Et Landry, où est-il passé ? Pourquoi Cléa s'est-elle moquée de moi ?

Je me souviens de la phrase étrange qu'il m'a dite : *« Et maintenant, si je veux m'en sortir, il faut que quelqu'un me croie et revienne à son tour. »*

Ça veut dire quoi : *si je veux m'en sortir* ? M'en sortir de quoi, d'abord ?

Je me relève et je cherche mon reflet dans la glace. Sur la vitre emperlée de gouttelettes, un visage qui n'est pas le mien se découpe. Un visage poupin, aux traits fins, presque féminins, aux cheveux mal coupés et trop longs.

Je n'ai pas le temps de digérer ma surprise, trois garçons viennent d'entrer dans les toilettes. Une main se pose sur mon épaule et une voix espiègle me souffle :

– Salut, Landry ! Alors, tu as encore vu un fantôme ?

Un amour immortel

Julien consulta sa montre. Il était minuit pile.

La bouche tordue par un rictus de dégoût, il égorgea le coq et laissa son sang dégouliner dans une coupe. Le volatile se débattit et il eut grand-peine à le maintenir au-dessus du récipient jusqu'à ce qu'il s'apaise et que son cou ballotte mollement dans le vide.

La lune pleine dessinait un disque parfait au-dessus de sa tête. Depuis trois jours, le temps était glacial et une neige légère avait adouci les lignes du corps de ferme où il vivait en ermite depuis une dizaine d'années.

Déposant l'animal inerte sur le sol de la cour, Julien ramassa la coupe. Il en montait une buée légère et un parfum fade qui lui arracha un haut-le-cœur. Surmontant sa nausée, il entra dans la vieille bâtisse et descendit les escaliers de la cave, prenant garde à ne pas trébucher et répandre le liquide sur le sol. Dénicher un coq au plumage, à la crête et aux pattes noirs avait été une gageure et il ne voulait en aucun cas écumer de nouveau les fermes de la région, au risque de passer une fois de plus pour un fou.

La pièce était éclairée par une vingtaine de bougies fixées sur des candélabres. Sur le sol de terre battue, un étrange symbole avait été tracé. Il représentait deux triangles tête-bêche entourés d'un cercle. Julien posa la coupe au centre de la figure puis il disposa des brûle-parfums sur les six pointes dessinées par les triangles et enflamma le mélange de musc, d'herbes aromatiques et d'épices qu'ils contenaient.

Une odeur entêtante se répandit dans la pièce et Julien, un bougeoir de bronze piqué d'une chandelle noire à la main, commença son invocation.

Voilà des années qu'il vivait dans cette attente. Quinze ans exactement. Quinze ans à inventorier, à étudier, à compulser les traités de sorcellerie et de nécromancie qu'il avait dénichés dans l'enfer[1] des bibliothèques les plus prestigieuses. Ses collègues universitaires ignoraient évidemment l'objet de sa quête : une formule qui lui permette d'invoquer un démon afin de formuler un souhait, un seul souhait, quoi qu'il lui en coûtât.

Et cette formule, il l'avait trouvée dans un grimoire du XVIIe siècle conservé au British Museum, à Londres. Du moins l'espérait-il. Il s'était trompé tant de fois.

La température baissa brutalement de plusieurs degrés. Julien continua de psalmodier le texte qu'il connaissait par cœur tant il l'avait lu et relu, indifférent au froid qui bleuissait ses doigts et transformait son haleine en vapeur glacée.

Il sentit son pouls s'emballer quand, du tracé, irradia une faible lueur rougeâtre. La lumière des chandelles s'atténua, comme estompée par un voile invisible. Bientôt, d'étranges serpents de brume se tordirent au-dessus du sol et une odeur fétide emplit la cave. Julien s'efforça de respirer avec calme. Il approchait du but.

1. Partie d'une bibliothèque interdite au grand public.

Et soudain, *il* fut là. C'était comme si un rideau de ténèbres avait recouvert la figure géométrique. Recroquevillée en son centre, une silhouette anguleuse tenait la coupe, marmonnant des paroles inintelligibles. Julien, au bord de la nausée, entendit un bruit de succion avide puis de déglutition.

Celui qu'il avait invoqué acceptait son offrande et buvait le sang du coq.

Quand le démon eut vidé la coupe, il se redressa et contempla Julien. Il avait l'apparence d'un homme de haute taille, effroyablement maigre, le corps pâle et velu. De son front dépassaient deux cornes annelées. Ses lèvres et son menton étaient empoissés de sang frais.

– Astaroth ? interrogea Julien d'une voix mal assurée.

– En chair et en os ! s'amusa le démon. Voilà bien longtemps qu'un humain ne m'avait appelé. Qu'attends-tu de moi ?

La créature le couvait de ses yeux jaunes et Julien faillit prononcer les mots qui le renverraient dans la géhenne d'où il l'avait tiré. Il renonça. Pouvait-il annuler quinze années de souffrances et d'espoir ? Maîtrisant son dégoût, il répondit avec humilité :

– J'attends votre aide, seigneur. Me l'accorderez-vous ?

– Pourquoi pas ? répondit Astaroth sur un ton enjoué. Depuis toujours, les démons pactisent avec les humains, surtout lorsqu'ils leur témoignent autant de considération. Mais il faut d'abord que je sache pourquoi tu m'as invoqué et ce que tu m'offres en échange.

Julien acquiesça. Il ferma les yeux et le visage de Marie-Claire lui apparut avec une telle netteté qu'il en éprouva une souffrance aiguë.

– Il y a de cela quinze ans, commença-t-il, j'étais marié avec une femme que j'aimais plus que tout. Nous vivions un bonheur idéal que rien ne venait entacher. J'avais une confiance absolue en elle, comme elle en moi.

Les lèvres d'Astaroth s'étirèrent en un sourire que Julien feignit de ne pas remarquer.

– Bien sûr, je n'aurais pas la naïveté de prétendre que c'était la plus belle ou la plus intelligente des femmes. Je la savais peu profonde et son manque de culture me pesait parfois. Mais sa joyeuse superficialité était un baume pour ma nature mélancolique et notre vie était simple et heureuse. J'avais le profond désir de finir mes jours à ses côtés, d'élever les enfants que nous projetions d'avoir ensemble. À l'époque, j'étais historien. Médiéviste, pour être précis. Mes recherches me tenaient souvent éloigné de chez moi mais je l'acceptais avec résignation : c'était la condition de ma réussite universitaire et de notre bonheur futur.

Il s'interrompit, quêtant dans l'attitude du démon une marque d'intérêt pour son récit. Celui-ci se contentait de le fixer, indifférent à la souffrance que trahissaient ses mots.

– Au mois de septembre de cette année-là, reprit Julien, j'ai participé à un congrès au Québec. J'avais dû prolonger inopinément mon séjour à Montréal de quarante-huit heures quand j'ai reçu un appel de mon beau-frère. Marie-Claire avait été assassinée la veille au soir, juste après mon appel quotidien. Hébété, j'ai pris le premier avion et je suis rentré à Paris. Ce que j'ai découvert m'a plongé dans un désespoir total. Non seulement on avait tué ma femme dans des circonstances affreuses, à l'aide d'un objet métallique aux bords tranchants que la police avait été incapable d'identifier et que l'assassin avait pris soin d'emporter avec lui, mais il ne semblait n'y avoir aucun motif à ce crime, perpétré avec une sauvagerie invraisemblable.

Julien blêmit et précisa :

– Le médecin légiste a identifié le corps grâce à la dentition plus ou moins préservée. Le visage avait tant été martelé qu'il était méconnaissable et il ne restait quasiment plus rien de ses mains. Quand la femme de ménage a retrouvé Marie-Claire, elle a constaté que la porte et les fenêtres étaient fermées à double tour. Le porche de l'immeuble était équipé d'une gâche électrique et personne ne pouvait entrer sans qu'un des locataires lui ouvre. Lors de son enquête, la police n'a relevé aucune trace d'effraction. Les clés de Marie-Claire étaient posées sur une console dans l'entrée et, mis à part celui de la femme de ménage, le seul double connu était en ma possession. J'étais évidemment lavé de tout soupçon, me trouvant à six mille kilomètres de Paris à l'heure de sa mort. Plus curieux, le gardien certifiait n'avoir vu entrer personne dans l'appartement, d'autant qu'il avait travaillé tard à réparer la minuterie de la cage d'escalier et qu'un visiteur l'aurait forcément croisé en se rendant chez nous. Seul un des voisins aurait pu commettre ce crime mais tous avaient des alibis en acier. Un dernier détail, plus troublant que les autres, avait laissé les enquêteurs perplexes : l'assassin avait abandonné sur le sol des traces de pas terreuses. La marque des semelles n'avait pu être identifiée, pas plus que l'origine de cette mystérieuse terre. Je vous passe les détails, l'enquête n'a jamais rien donné et le coupable court toujours. Après les obsèques…

En dépit des années, la douleur de Julien ne s'était pas apaisée et les mots lui manquèrent. Le démon, imperturbable, attendit qu'il poursuive.

– Après les obsèques, reprit-il enfin, je me suis enfoncé dans la dépression, incapable de supporter la disparition de ma femme. J'ai abandonné mes recherches et je suis devenu un universitaire de troisième zone, relégué dans une obscure faculté de province. C'est alors que j'ai décidé de fréquenter des cercles spirites. J'ai consulté de prétendus médiums afin qu'ils me mettent en relation avec l'esprit de Marie-Claire. Je voulais qu'au-delà de la mort, elle me parle, elle me révèle qui l'avait tuée. Je voulais la venger. Les mois se sont écoulés, sans résultats probants. J'ai perdu la tête, incapable de me fixer sur un autre but, courant de charlatan en charlatan.

Je n'ai pas été long à me rendre compte que je gaspillais mon temps et mon argent. Ces individus n'étaient que de misérables escrocs profitant de ma détresse pour m'extorquer le peu que je possédais. J'ai alors décidé de consacrer ce qui me restait d'énergie à l'étude des sciences occultes.

S'inclinant respectueusement devant le démon, Julien ajouta :

– Ce qu'un humain ne pourrait m'aider à faire, un être surnaturel en serait capable et…

– Il ne m'appartient pas de réveiller les morts, l'interrompit Astaroth, et je ne ramènerai pas ta femme à la vie, pas plus que je n'invoquerai son âme afin qu'elle te dise le nom de son assassin !

Julien vacilla et s'adossa au mur couvert de salpêtre pour retrouver son équilibre.

– En toute honnêteté, Astaroth, je redoutais cette réponse. Aussi, c'est un autre vœu que je souhaite formuler.

– Lequel ?

– Accordez-moi de revenir une heure dans le passé, rien qu'une heure. Accordez-moi de la sauver, de la serrer une dernière fois dans mes bras. Ensuite, vous pourrez disposer de moi comme bon vous semblera.

L'étonnement se peignit sur la face d'Astaroth.

– Ainsi, humain, tu t'offres à moi pour une femme. J'avoue ne pas comprendre…

– Peut-être ne pouvez-vous pas comprendre, en effet. Depuis la mort de Marie-Claire, ma vie n'a plus de sens. Je vis avec le remords de ne pas avoir été présent quand il le fallait, de n'avoir rien pu pour elle. Si j'avais été à ses côtés, ce soir-là, elle serait toujours en vie. Vous savez, elle était faite pour la vie !

Sa phrase s'était achevée dans un souffle. Julien essuya ses yeux rougis d'une main lasse.

– Alors, m'accorderez-vous ce que je demande ?

Le démon sourit, dévoilant de longues canines étincelantes.

– Crois-tu que l'on peut défaire ce qui a été fait ?

– Je m'en moque ! répliqua Julien. Vous n'avez aucune idée de ce que sont l'amour, la fidélité, la mémoire !

Une expression amusée anima les traits de son interlocuteur.

– Tout doux ! Je pourrais prendre ces paroles pour

une marque de mépris et me retirer. Mais je n'en ferai rien car tu me plais. Une belle violence sommeille en toi, une violence si propre à ceux de ton espèce. Aussi vais-je accéder à ta requête. Tu retourneras chez toi pour une heure, quinze ans dans le passé, comme tu me le réclames. Ensuite, tu seras à moi. Ai-je ta parole ?

– Vous l'avez, répondit Julien.

À peine eut-il prononcé ces mots qu'un engourdissement le saisit et que sa vue se brouilla. Il voulut crier : « Attendez, laissez-moi le temps de me préparer, laissez-moi le temps de prendre une arme ! »

Julien se sentit tomber et perdit connaissance.

Sa joue reposait sur une surface douce et les doigts de sa main droite étaient toujours crispés autour du chandelier qui lui avait servi à invoquer Astaroth. Il prit appui sur un sol recouvert de moquette et se redressa.

Le souffle coupé, il reconnut la chambre de l'appartement qu'ils louaient, Marie-Claire et lui, dans le 15e arrondissement de Paris. Astaroth avait tenu sa promesse ! Un bruit de voix lui parvint du salon et son cœur cessa de battre.

Marie-Claire ! C'étaient ses intonations, son timbre, ses mots. Tout l'amour qu'il avait pour elle refleurit d'un coup, si violent que ses jambes lui manquèrent et qu'il dut s'adosser au mur pour conserver son équilibre. Les échos d'un très ancien dialogue lui parvinrent alors : c'était avec lui qu'elle était en train de converser, au téléphone, ce soir où il lui avait annoncé qu'il resterait deux jours de plus à Montréal. Il l'entendit dire :

– Je t'embrasse, mon chéri, tu me manques tellement. Rentre vite.

Réfrénant les sanglots qu'il sentait poindre, Julien marcha à pas de loup jusqu'à la porte. Il devait se reprendre. D'après le médecin légiste, l'agression avait eu lieu entre vingt et vingt et une heures. Le meurtrier, s'il n'était pas déjà sur place, n'allait plus tarder !

Des yeux, il chercha dans la chambre un objet qui puisse lui servir d'arme. N'en trouvant pas, il se contenta d'assurer sa prise sur le chandelier de bronze. L'objet était lourd mais facile à manier et sa base possédait des arêtes tranchantes.

Maintenant, il fallait révéler sa présence à Marie-Claire, trouver les gestes et les mots pour ne pas l'effrayer.

En quinze ans, il avait tant changé. Le chagrin l'avait prématurément vieilli mais elle le reconnaîtrait. Bien sûr qu'elle le reconnaîtrait !

Ensuite…

Julien n'éprouvait aucune crainte à l'idée de mourir pour elle. D'ailleurs, sa vie ne lui appartenait plus. Il traversait le couloir et arrivait devant la porte de la cuisine quand il entendit la voix de sa femme s'élever de nouveau. Alarmé, il affermit sa prise sur le chandelier. Le meurtrier était déjà sur place puisqu'elle s'adressait à lui !

– Oui, c'est moi, mon amour.

Julien sursauta. Non, il s'était trompé, elle lui parlait de nouveau au téléphone. Or il était certain de ne pas l'avoir rappelée, ce soir-là. Marie-Claire se tut quelques secondes puis ajouta :

– Moi aussi, mon chéri, je t'aime, et j'ai une merveilleuse nouvelle à t'annoncer : Julien ne prend pas son avion ce soir et prolonge son absence de deux jours. Si tu veux, on peut se voir demain matin. Ou même ce soir, si tu es disponible…

Un silence. Un long silence, puis :

– C'est dommage. C'est vraiment dommage. Alors demain, mon amour, le plus tôt possible.

Nouveau silence, ponctué de rires et d'exclamations joyeuses. À l'autre bout du fil, un homme disait à sa femme des paroles qu'il aurait voulu être le seul à prononcer et qu'elle accueillait avec ravissement. Il lui sembla que quelque chose se déchirait en lui.

Tout ce à quoi il croyait venait de s'effondrer. Pendant quinze ans, il avait survécu, mû par le désir de racheter ce qu'il pensait être une faute de sa part : n'avoir pu protéger l'unique amour de sa vie. Et voilà que cet amour n'avait été qu'illusion et mensonge.

Pour elle, il avait cessé de vivre, pour elle, il avait sacrifié sa carrière universitaire. Pour elle, il serait à jamais le jouet d'un démon qui se repaîtrait de sa souffrance.

Sa rage atteignait son faîte quand il l'entendit prononcer le prénom de celui à qui elle s'adressait, une de leurs vagues relations, un commercial enrichi, hâbleur, assez vulgaire, pour qui il n'avait jamais eu la moindre estime. Et c'était pour un homme de cette sorte qu'elle le trompait !

Enfin, Marie-Claire raccrocha. Il l'entendit se lever, se servir un verre et retourner sur le canapé en chantonnant. Julien contint un hurlement de rage.

Il savait désormais que personne n'entrerait dans l'appartement.

Personne à part lui.

Machinalement, il laissa son regard errer sur le sol et constata que la terre de la cave était restée collée à ses chaussures et maculait la moquette du couloir.

« Crois-tu que l'on peut défaire ce qui a été fait ? » lui avait demandé Astaroth.

Étouffant un soupir, Julien serra ses doigts à les briser autour du chandelier et se dirigea d'un pas mécanique vers le salon.

Léa

Au premier regard, elle m'avait plu, réveillant en moi un accès soudain de gourmandise.

Dix-huit ans ou dix-neuf ans, peut-être. Longue et brune, un teint clair, délicat comme une porcelaine, des cheveux mi-longs abondamment bouclés et une bouche large, rouge, presque indécente sur ce visage ingénu.

Voilà plus d'une heure que je l'observais, seule au comptoir, sirotant mélancoliquement un cocktail. Elle avait l'air préoccupé et lançait de fréquents regards vers la porte, comme si elle redoutait d'y voir apparaître un importun.

Profitant de ce que son verre était vide, j'ai pris le mien et je suis venu m'asseoir à côté d'elle. L'ambiance du bar était feutrée, la musique douce, apaisante, idéale pour un tête-à-tête.

– Vous permettez ?

Son sourire ironique l'a rendue encore plus charmante.

– M'avez-vous laissé le choix ?

– Pas plus que vous ne me l'avez laissé.

Elle a levé les yeux au ciel et s'est exclamée :

– Vous plaisantez, je suppose ? Je ne vous avais même pas remarqué !

J'ai hoché la tête, affectant une expression désolée.

– C'est hélas mon problème : personne ne me remarque ! En revanche, lorsque vous êtes entrée, j'ai éprouvé un véritable choc. Ensuite, je n'ai pu m'empêcher de vous dévorer des yeux jusqu'à ce que je trouve le courage de quitter ma table pour vous adresser la parole.

Le barman achevait de préparer un cocktail. Je lui ai fait signe de renouveler nos consommations et j'ai posé un billet de cinquante euros sur le comptoir. Ma jolie inconnue a penché la tête de côté et m'a examiné en silence avant de dire :

– C'est amusant… Vous utilisez des méthodes de vieux dragueur : d'abord m'apitoyer, ensuite me complimenter, enfin jouer les grands seigneurs. Pourtant, vous n'avez pas l'air d'avoir plus d'une vingtaine d'années.

– Je suis plus âgé, ai-je admis, mais c'est effectivement l'âge que l'on me donne. Et vous, quel millésime ?

Elle a mordillé sa lèvre inférieure puis laissé tomber avec un soupçon de provocation :

– Vingt ans tout ronds.

– Le plus bel âge de la vie, comme chacun sait…

Elle a haussé les épaules avec agacement et sa moue boudeuse a déclenché une vague de frissons le long de mon échine. Cette fille avait une bouche extraordinairement charnue. Une bouche à mordre. Mais ce n'était ni le moment ni le lieu.

– Vous avez le goût des formules creuses ! a-t-elle répliqué. Au fait, quel est votre prénom, monsieur le séducteur ?

– Vladimir. Mais vous pouvez m'appeler Vlad, comme la plupart de mes amis. Et le vôtre ?

Elle a saisi le gin-fizz que le barman avait posé

devant elle, en a retiré le petit éventail bariolé et a bu une gorgée.

– Léa. Mais n'est-il pas encore un peu tôt pour que je vous compte au nombre de mes amis ?

Ses lèvres, constellées de grains de sucre, ressemblaient à une friandise. Elle les a léchées de la pointe de sa langue et j'ai aperçu ses dents blanches et pointues comme celles d'une chatte. Troublé, j'ai acquiescé et avalé à mon tour une gorgée de mon bloody mary.

– Laissons la nuit parler, Léa… C'est elle qui nous donnera la réponse. Et si je vous invitais à dîner ? Vous êtes très pâle, manger vous redonnera des forces !

J'ai perçu dans ses yeux un mélange d'irritation et d'intérêt. Ma prévenance maladroite la surprenait. L'intriguait peut-être.

– Cessez de me parler comme un vieux débris, nous avons quasiment le même âge !

– Entendu. Mettons que ce soit moi qui meure de faim. Il me semble qu'on a ouvert un excellent restaurant attenant au bar.

Elle m'a jaugé du regard, a balancé un instant et a vidé son verre d'un trait.

– D'accord pour le dîner. Je meurs de faim moi aussi. Pour tout vous avouer, la tête me tourne un peu. Je n'ai rien pu avaler à midi.

Tandis que nous quittions le bar, je lui ai demandé :

– Qu'est-ce qui se passe, Léa, tu as des soucis ?

Nouveau haussement d'épaules accompagné de sa charmante moue de contrariété.

– Laissez tomber. Des trucs inintéressants dont je n'ai pas envie de parler. Tiens, vous me tutoyez à présent ?

– Le « vieux débris » s'apprivoise. Ça vous dérange ?

– Non, je préfère.

– Alors, va pour tu…

Un serveur nous a accueillis à l'entrée de la salle et nous a placés à l'écart, le long des baies qui donnaient sur l'avenue. Léa a consulté la carte et levé les yeux vers moi, sans doute impressionnée par les prix affichés.

– Prends ce qui te plaît. Ce soir, c'est fête.

– Tu as tiré le jackpot ?

– Non, j'ai la chance d'appartenir à une famille aisée et de t'avoir croisée. C'est beaucoup pour un seul homme. Tu es étudiante ?

Elle a opiné.

– Je suis en fac de psycho.

Devançant sa question, j'ai précisé :

– Et moi en médecine. Je compte me spécialiser en hématologie.

– Impressionnant ! C'est pour ça que tu parlais de mon teint pâle, tout à l'heure ? Tu te croyais au boulot ?

– Touché ! Bon, qu'est-ce qui te tente ? Ça a l'air bon.

Un froncement de sourcils, un coup d'œil à la liste des plats.

– J'adore les crustacés. Je me laisserais bien tenter par les crevettes sautées à l'ail et aux petits légumes.

Reposant ma carte, j'ai secoué la tête.

– Pardonne-moi d'insister, mais tu ferais mieux de faire provision de globules rouges en choisissant un tournedos saignant et son foie gras poêlé. Tu as besoin de nourritures qui tiennent au corps. Et puis l'ail donne une haleine épouvantable.

J'avais adopté un ton professionnel qui l'a fait éclater de rire.

– Merci de te préoccuper de mon haleine ! Bon, d'accord pour le tournedos, docteur Jekyll. Mais tu m'accompagnes !

– Volontiers.

La soirée qui a suivi fut une des plus délicieuses qu'il m'ait été donné de passer, peut-être parce qu'elle ne s'est pas terminée comme je l'escomptais et qu'un désir inassouvi est source d'un plaisir aigu, même s'il se mêle de nostalgie et d'espoirs déçus.

De temps à autre, Léa se laissait aller à des pensées lointaines. Elle restait muette, et l'air préoccupé qui m'avait frappé alors que je l'épiais assombrissait ses jolis traits.

Cette fille me plaisait. Tout en elle était d'une incroyable délicatesse : la peau translucide de ses mains sous laquelle je devinais la dentelle rose des veines, sa bouche écarlate et gonflée, la douceur soyeuse et palpitante de son cou.

– Tu picores ! s'est-elle étonnée. J'ai rarement goûté une cuisine aussi savoureuse !

J'ai contemplé le contenu de mon assiette avec répugnance.

– Comment peut-on avoir de l'appétit pour ces rogatons quand on se trouve face à toi ?

Léa a levé son verre à ma santé. Ses yeux pétillaient sous l'effet de l'alcool.

– Tu sais, je vais finir par croire à tes flagorneries si tu insistes autant.

Elle a eu un sourire triste.

– Ça faisait longtemps qu'on n'avait pas été aussi gentil avec moi. Tu es vraiment adorable.

– Je te retourne le compliment.

– Il y a une discothèque à côté, ça te dirait d'y aller ? m'a-t-elle alors proposé. J'ai envie de rire, de m'amuser.

En guise de réponse, j'ai posé ma main sur la sienne. Elle ne l'a pas retirée.

Nous avons longuement dansé, blottis l'un contre l'autre. Comment trouver les mots pour décrire le plaisir que j'éprouvais à sentir son corps tiède et parfumé contre le mien ? Comment évoquer mon désir que décuplait l'attente ? Cette attente délicieuse que je m'imposais. Ne rien hâter, savourer chaque seconde était une règle à laquelle je me pliais de bonne grâce. Je n'avais jamais eu qu'à m'en louer.

Minuit approchait. Nous terminions nos verres quand je l'ai vue se raidir. Elle fixait un point de l'autre côté de la piste. J'ai suivi son regard. Un garçon grand et blond, au visage brutal, était accoudé au bar. Une de ses anciennes conquêtes ? Visiblement, il ne nous avait pas remarqués.

– Je voudrais qu'on y aille, maintenant. Tu me ramènes chez moi ?

Sa voix était anxieuse.

– Tout de suite ? me suis-je étonné.

Léa a agrippé ma main et m'a entraîné vers la sortie.

– Il y a un problème ?

– Non, aucun. Disons qu'il y a quelqu'un ici que je ne souhaite pas rencontrer.

L'expression affolée qui animait ses yeux démentait ses propos mais je me suis gardé de l'interroger davantage. Le boulevard de la gare était très animé en dépit de l'heure tardive. Léa s'est immobilisée et a scruté les lieux et les visages des passants. Soulagée, elle m'a demandé :

– Où est ta voiture ?

– Dans un petit parking tranquille, juste derrière.

– Alors on y va.

Nous avons pressé le pas et nous sommes engagés dans l'entrelacs des ruelles désertes qui longe les voies ferrées.

Léa se taisait et ses doigts s'agrippaient aux miens avec une force incroyable. Nous étions à deux pas de notre destination quand quelqu'un a crié :

– Léa !

Elle a lâché ma main et poussé un cri de terreur. Je me suis retourné. Un garçon brun venait vers nous. Il tenait une batte de base-ball.

Assez grand, musclé, sanguin, il dégageait une désagréable impression de violence. Deux hommes l'accompagnaient : le grand blond que j'avais aperçu quelques minutes plus tôt et un type voûté et maigre comme un clou.

– On ne bouge plus ! a ordonné le brun avec un sourire mauvais.

– Greg, fiche-nous la paix, a gémi Léa. Je t'ai dit cent fois que c'était fini.

Balançant négligemment sa batte, il s'est avancé de quelques pas et s'est immobilisé à un mètre de nous.

– Ce ne sont pas les autres qui décident pour moi, ma jolie ! Mais moi. Moi seul.

À trois reprises, il s'était appesanti sur « moi », comme si c'était le mot le plus précieux de son vocabulaire.

– Tu sais, Léa, tu m'as beaucoup déçu.

Son expression était pateline, le ton de sa voix nuancé de reproches et de menaces. Ses deux acolytes sont venus se placer à ses côtés. À leur regard, j'ai compris que la soirée ne tournerait pas exactement comme je l'avais souhaité.

Greg m'ignorait. Il a vrillé ses yeux dans ceux de Léa et a sifflé :

– Tu vas me suivre. On oublie le passé et on reprend tout à zéro à partir de maintenant. Tu as juste besoin d'un bon dressage…

Il a tendu la main pour effleurer sa joue mais elle a eu un violent mouvement de recul et a repoussé son bras.

– T'es malade, Greg, t'es un grand malade. Je ne veux plus jamais entendre parler de toi. C'est fini, je t'ai dit. Fini. Tu m'en as trop fait baver !

– C'est ton dernier mot ? a-t-il interrogé avec douceur.

– Mon dernier mot, oui ! Laisse-nous maintenant.

J'avais décidé d'intervenir mais je n'ai pas eu le temps d'esquisser un geste.

Greg a empoigné sa batte à deux mains et a décoché un coup formidable sur la tempe de Léa. J'ai entendu l'os craquer et elle s'est effondrée, sans un cri. Tétanisé, j'ai contemplé son corps, grotesquement écartelé sur le sol. Ses yeux étaient restés ouverts mais j'ai immédiatement su qu'elle était morte. J'ai trop vu de cadavres au cours de mon existence pour ne pas en reconnaître un au premier coup d'œil.

Un sang vermeil coulait de son nez et de sa bouche ; je n'ai pu retenir un frisson. Simultanément, une intense colère m'a saisi. Ce crétin avait tué Léa !

Pour rien.

Greg m'observait, goguenard.

– Tu comprends qu'on va devoir se débarrasser de toi. Dans ce genre d'histoire, faut jamais laisser de témoin.

Il a gloussé et ajouté :

–T'as vraiment pas eu de chance de la rencontrer.

– C'est peut-être vous qui n'avez pas eu de chance en me rencontrant, ai-je répondu sur un ton glacé.

– Ah bon, t'es expert en kung-fu ?

Il était si près de moi que je sentais l'odeur déplaisante de son après-rasage.

– Le combat de rue, ça me connaît, pauvre mec. Surtout les coups pourris…

Ses copains ont poussé des ricanements satisfaits. À cet instant, j'ai entendu le claquement d'un couteau à cran d'arrêt. La pointe d'une lame a égratigné mon ventre. Greg a posé son front poisseux sur le mien.

– Tu préfères faire tes prières ou tu me supplies de t'épargner ?

– Je n'ai prié ni supplié quiconque depuis bien longtemps, jeune homme.

Les deux autres ont cessé de s'esclaffer et Greg a paru ébranlé par mon calme. Un grognement de colère lui a échappé et il a pesé de tout son poids sur la lame, l'enfonçant jusqu'à la garde. Comme je ne m'effondrais pas, il a reculé d'un pas mal assuré.

Les trois hommes contemplaient, les yeux exorbités, le manche qui dépassait de mon ventre. Je n'ai pas pris la peine de l'en arracher. Tendant les bras, j'ai croché les gorges du blond et du maigre, je les ai soulevés comme deux pantins et j'ai brisé net les os de leurs cous, avec une certaine satisfaction, je le reconnais. Quand je les ai lâchés, ils se sont écroulés sur l'asphalte.

– Vois-tu, Greg, ai-je dit en retirant le couteau et en le jetant derrière moi, je suis très, très en colère.

Il ne me quittait pas des yeux, paralysé par la terreur. Je lui ai largement souri et il a poussé un gémissement de panique quand il a constaté que mes canines s'arquaient à présent comme les crocs d'un fauve.

J'ai désigné le cadavre de Léa. Son sang dessinait une auréole vermeille autour de sa tête.

– Tu m'as privé de ma proie, Greg, et j'ai le regret de t'annoncer que tu vas la remplacer.

Il a trouvé la force de s'enfuir mais je l'ai rattrapé, j'ai planté mes dents dans son cou et j'ai bu son sang tiède et épais.

Il était excellent, mais personne ne m'ôtera de l'idée que celui de Léa l'aurait été bien davantage. Foi de vampire.

Rien de pire que les histoires dont on connaît déjà la fin

Antoine Ménard avait vu le jour à Mirecourt un beau matin d'octobre. Il avait quinze ans, était fils unique et ses parents tenaient une épicerie fine située sur la place de la Mairie. Antoine avait la réputation d'être un garçon joyeux, vif, et d'une insatiable curiosité. Son goût effréné pour la lecture et ses succès scolaires faisaient l'orgueil de sa mère qui était convaincue qu'un jour, son fils écrirait des romans que le public s'arracherait.

– Il est né pour les mots et les mots seront toute sa vie, prédisait-elle avec une assurance qui forçait le respect.

L'adolescent, bien que lesté des certitudes maternelles, réservait quant à lui son admiration à Georges-Louis

Borget, un élève de sa classe. Celui-ci exerçait un indéniable ascendant sur ceux qui croisaient sa route.

Il était d'une beauté qui frappait les esprits, une de ces beautés qui s'imposent par leur exactitude, leur évidence. Son front haut, ses cheveux d'or pâle, son regard droit et profond, son maintien élégant, ses gestes mesurés et précis, tout en lui respirait la perfection, l'équilibre. Son intelligence et sa culture dépassaient largement celles qu'un garçon de troisième possède en général. Ainsi, il jouait souvent à mettre à mal les raisonnements et les approximations de ses camarades et parfois en remontrait à ses professeurs, qui dissimulaient leur humeur mais n'en pensaient pas moins.

Dès son plus jeune âge, Georges-Louis avait parcouru, en compagnie de ses parents, la moitié du globe. Il en avait ramené une large moisson d'histoires et de souvenirs qu'il livrait, quand la fantaisie lui en prenait, à un auditoire ébloui et qui suscitaient enthousiasme ou jalousie.

Bien que sociable, il était d'un naturel réservé. On ne lui connaissait ni ami véritable ni confident. Il vivait avec son père et sa mère dans une vaste demeure calme et pleine de charme en bordure de Mirecourt. M. Borget était un bibliophile de renom, spécialisé dans les éditions de livres rares, plus particulièrement celles des XVe et XVIe siècles.

On faisait régulièrement appel à lui pour des expertises. Il se rendait alors, accompagné de son épouse, à Boston, New York, Paris, Rome ou Tokyo afin de rendre des avis que personne n'aurait osé contester.

La rumeur prétendait que sa famille était richissime mais jamais Georges-Louis n'en avait fait état ou paru en tirer une quelconque gloire. Il venait au collège à pied, s'habillait comme les autres élèves, mangeait à la cantine et ses activités – balade à pied ou à bicyclette, clubs de ping-pong et d'informatique, cinéma le dimanche après-midi – étaient d'une rassurante banalité.

Antoine éprouvait le désir forcené de devenir son ami, persuadé que leur goût pour les livres – puisque Georges-Louis ne pouvait qu'aimer les livres – les réunirait immanquablement. Sensible au jugement de ses camarades, il était persuadé que devenir le proche d'un être aussi remarquable le frapperait d'une marque distinctive, presque aristocratique, et le rendrait, par ricochet, tout aussi remarquable.

Un soir après les cours, alors que Georges-Louis rentrait chez lui, Antoine, qui l'avait suivi, trouva le courage de l'aborder.

– Ça te dérange si je fais un bout de chemin avec toi ? demanda-t-il en arrivant à sa hauteur.

Son camarade l'observa avec curiosité.

– Pas du tout. Mais il me semble que tu ne prends pas la route pour te rendre dans le centre. Tu habites bien place de la Mairie, non ?

– Oui, répondit, Antoine, mais j'aime bien me promener avant de retourner chez moi. Ça m'inspire ! J'essaie d'imaginer des trucs.

– Des trucs ? s'étonna Georges-Louis. Quels trucs ?

Antoine rougit, conscient de son ridicule, et hocha le menton. Le mensonge était énorme mais il avait terriblement envie d'impressionner son interlocuteur.

– Des idées d'histoires, la trame de romans... J'aimerais en écrire, plus tard. Pas toi ?

– Non.

La sécheresse de cette réponse surprit Antoine. Il se tut un instant avant de reprendre :

– Mais tu aimes lire, au moins ?

Georges-Louis s'immobilisa. Ses yeux fixaient un point indéfini, très haut dans le ciel.

– Pas du tout ! Les livres mangent la vie, méfie-toi d'eux.

Il lui adressa un bref salut de la tête et s'éloigna à grands pas, le laissant interdit. Antoine, froissé, revint chez lui en ruminant les paroles mystérieuses de son camarade.

« Les livres mangent la vie, méfie-toi d'eux. » Quelle drôle d'idée ! Peut-être Georges-Louis était-il dérangé, pour tenir de pareils propos ? Fallait-il renoncer à gagner son amitié ou tenter à nouveau sa chance ? La fascination que son camarade exerçait sur lui fut la plus forte. Il opta pour la seconde solution.

L'occasion se présenta quelques jours plus tard, un vendredi après-midi, à l'occasion d'un travail de groupe sur la Première Guerre mondiale. Le professeur leur demanda de constituer un dossier par équipes de deux. Antoine proposa aussitôt à Georges-Louis de travailler ensemble. Leurs recherches se déroulèrent à merveille et Antoine, ravi, constata que son camarade paraissait apprécier sa compagnie. Le soir, tout naturellement, les deux garçons firent de nouveau route ensemble. Ils parlèrent évidemment de leur dossier puis Antoine osa enfin demander :

– Au fait, pourquoi m'as-tu dit que les livres sont dangereux ?

Georges-Louis se rembrunit. Visiblement, le sujet l'indisposait. Il finit néanmoins par répondre :

– Eh bien… les livres empoisonnent ma vie depuis ma plus tendre enfance. Mon père, ma mère ne vivent que pour les livres. Mon père les traque à travers le monde comme des animaux fabuleux. Il sait où et comment les trouver, comment les acheter, les restaurer et les vendre. Il les connaît tous, les plus rares, les plus savants, les plus redoutables…

– Les plus redoutables ? s'étonna Antoine.

Georges-Louis n'accorda aucune importance à cette interruption et poursuivit :

– Je ne rencontre que des gens comme lui, obsédés par les livres, par leur origine, leur âge, leur forme, leur odeur, par la qualité des cuirs, des papiers, des colles, des encres. Certains ne s'intéressent même pas à leur contenu mais ils se damneraient pour obtenir le volume qui manque à leur bibliothèque !

– C'est génial ! s'exclama Antoine. Moi aussi, je rêverais d'en posséder des milliers. D'en écrire, même !

Un sourire las distendit les lèvres de son ami.

– Pourquoi écrire un livre de plus ? Il y en a déjà tant, des remarquables comme des insignifiants. Plusieurs vies ne suffiraient pas pour en lire le centième.

Il riva ses yeux dans ceux d'Antoine.

– Et vivre ? Vivre, tu n'aimerais pas mieux ?

Celui-ci le considéra avec surprise.

– Vivre ? Je ne te comprends pas.

– C'est pourtant évident ! répliqua Georges-Louis avec un agacement qu'il ne chercha pas à déguiser. Tu ne me feras jamais croire que des gens qui aiment vraiment la vie peuvent s'enfermer des heures durant dans une pièce obscure pour compulser de vieux ouvrages poussiéreux. Tu ne me feras jamais croire que des gens qui aiment vraiment la vie peuvent rester des jours entiers à noircir des pages qui parlent du monde et des gens au lieu de l'explorer, ce monde, de les connaître, ces gens, et de vivre pleinement !

Son ton était véhément et n'admettait aucune réplique. Antoine, navré par le tour qu'avait pris leur conversation, crut que Georges-Louis allait y mettre un terme et disparaître, comme la fois précédente.

Il se rendit alors compte qu'ils étaient arrivés devant chez lui. Son camarade montra la magnifique bâtisse.

– Allez, laisse tomber, je m'énerve pour rien ! Tu veux entrer ? Mes parents sont à Los Angeles pour trois jours. Mon père doit expertiser un exemplaire de l'*Éloge de la folie*, d'Érasme, publié par Galliot du Pré en 1520. Ça te parle ?

– Non, répondit Antoine, honteux de son inculture.

– Rassure-toi, répondit Georges-Louis avec un sourire douloureux, moi non plus je ne devrais pas connaître ce genre de détail. Mais chez moi, on ne vit que pour cela. Mon père voudrait que j'exerce le même métier que lui plus tard. On n'échappe pas aux livres dans ma famille, ils nous vampirisent. Mon arrière-grand-père et son arrière-grand-père avant lui étaient bibliophiles.

Georges-Louis poussa la grille.

– Veux-tu t'arrêter un instant ?

Antoine hocha timidement la tête. Son camarade s'effaça pour le laisser entrer dans le parc qui ceinturait la maison.

– Tes parents te laissent souvent seul ?

– Oui. Ils savent que je peux me débrouiller. J'en ai l'habitude, tu sais.

– Et tu n'as pas la trouille de te retrouver sans personne dans cette grande maison ?

– La trouille de qui ou de quoi ? le railla son ami. Mirecourt, ce n'est quand même pas Chicago !

Ils foulèrent l'allée et gravirent les huit marches du perron. Georges-Louis fourragea derrière une vasque de pierre et ramena une clé dont il se servit pour déverrouiller la porte.

Le hall d'entrée occupait à lui seul la surface d'un demi-terrain de basket. Six portes s'ouvraient sur des pièces aux parquets lustrés. Antoine entrevit un immense salon tendu de pourpre et de hautes baies vitrées qui donnaient sur le parc. Il abandonna son cartable sur une console et Georges-Louis l'entraîna à l'étage d'où ils gagnèrent sa chambre. La fenêtre donnait sur l'arrière du bâtiment et Antoine aperçut, par-delà le mur d'enceinte, les champs qui moutonnaient à perte de vue. Il fit le tour de la pièce et observa en silence les meubles qui n'auraient pas dépareillé dans la boutique d'un antiquaire.

Impressionné, il s'attarda sur les gravures anciennes suspendues aux murs.

– Des originaux, déclara Georges-Louis d'un air blasé. Mon père est amateur.

Il s'assit sur un fauteuil.

– Voilà mon univers. Ça te plaît ?

Ne sachant que dire, Antoine répondit :

– Oui, c'est très beau. Vous avez beaucoup de goût. Tu sais ce qui me ferait plaisir ?

– Dis toujours…

– J'adorerais que tu me fasses visiter la bibliothèque de ton père. Ça doit être génial !

Georges-Louis leva un sourcil, pencha la tête de côté et sourit avec un air énigmatique.

– Tu risques d'être déçu. Mais pourquoi pas ?

Quittant son siège, il fit signe à Antoine de le suivre et le conduisit à travers un dédale de couloirs et d'escaliers jusqu'à une porte de chêne noire.

– C'est là. Tu veux toujours entrer ?

– Bien sûr, je n'ai jamais vu de livres rares.

Son compagnon poussa la porte et Antoine le suivit, le cœur battant.

C'était effectivement une bibliothèque. Sur les quatre côtés de la pièce, s'étageaient des rayonnages qui allaient du sol au plafond. Antoine poussa une exclamation en constatant qu'ils étaient vides.

– Tu te moques de moi ! s'exclama-t-il.

– Pas du tout, répondit Georges-Louis. Comme tu le voulais, tu es dans la bibliothèque de mon père.

– Alors où sont les livres ?

– Là ! répondit son camarade en désignant une table aux pieds si fins qu'elle paraissait flotter dans le vide.

Antoine s'avança. Au centre du plateau marqueté, était placé un volume à la couverture de cuir sombre. Il le prit en main et en observa la tranche. Elle ne comportait aucune inscription. Lorsqu'il voulut l'ouvrir, il constata qu'il était équipé d'un fermoir pourvu d'une minuscule serrure.

– Pourquoi ce livre est-il fermé à clé ? interrogea-t-il. Ton père ne veut pas que tu le lises ?

Une incompréhensible excitation l'avait envahi. Georges-Louis désigna le tiroir de la table.

– Non, la clé est là. Disons que cette serrure est une manière de préciser qu'on n'entre pas dans ce livre comme dans un moulin.

– Il est rare ?

L'adolescent hocha la tête.

– À ma connaissance, il n'en existe qu'un exemplaire au monde. Ce livre appartient à ma famille depuis des générations. L'un de mes aïeux a consacré son existence à le rechercher.

– Et il parle de quoi ?

Très délicatement, Georges-Louis l'enleva des mains d'Antoine et le reposa sur la table.

– De tout. Toutes les histoires, sans exception, y sont consignées, les fictions comme les histoires réelles. La tienne, comme la mienne. Il suffit d'être patient et tu finis par la trouver.

– Tu continues à te foutre de moi !

Georges-Louis fixa son camarade avec une intensité telle que celui-ci baissa les yeux.

– Nullement. On l'appelle le *Livre de Babel*. Comprends-moi bien : il est *Le Livre*, le livre absolu, c'est-à-dire tous les livres, dans toutes les langues, passées, présentes et à venir. Il renferme les livres qui ont été écrits, ceux qui le seront un jour, ceux qui pourraient l'être.

Antoine observa son camarade avec agacement, se

demandant pourquoi celui-ci éprouvait le besoin de lui raconter de pareilles balivernes. Il décida de prendre ses propos à la légère.

– En fait, c'est commode, plaisanta-t-il. Ça ne prend pas de place, on peut l'emmener partout en voyage. Une vraie bibliothèque de poche, quoi ! J'ai bien envie d'y jeter un coup d'œil. Tu permets ?

Il voulut le reprendre mais Georges-Louis repoussa fermement sa main tendue.

– Non. Cet ouvrage est dangereux. On ne peut le parcourir de manière frivole. Il n'y a que l'épaisseur d'un cheveu entre la fiction et la réalité, sais-tu ? Et plus d'un s'est laissé prendre au piège des livres jusqu'à se perdre lui-même !

– Alors pourquoi me l'as-tu montré ? rétorqua Antoine que ces paroles sibyllines irritaient.

– C'est toi qui voulais voir la bibliothèque de mon père. Je me suis contenté d'accéder à ta requête. Me le reproches-tu ?

Un malaise s'était installé entre les deux garçons. Antoine, confus, consulta sa montre et jugea préférable de déclarer :

– Excuse-moi, il se fait tard. Je dois partir, mes parents vont s'inquiéter.

Sans un mot, Georges-Louis le guida vers la sortie et Antoine constata avec surprise que le couloir qu'ils empruntèrent donnait sur le hall d'entrée. Son camarade le mena jusqu'à la grille et ils se séparèrent.

Ce n'est qu'en arrivant chez lui qu'Antoine se rendit compte qu'il avait oublié son cartable chez Georges-Louis. Comme c'était le début du week-end, cette étourderie n'était pas bien grave et l'adolescent décida qu'il irait le chercher le lendemain en début d'après-midi.

Vers quatorze heures, il se présenta chez les Borget et chercha une sonnette. Il n'y en avait pas. Se souvenant que la veille, Georges-Louis s'était contenté de pousser la grille, il fit de même et traversa le parc à grands pas. Tout était silencieux. La maison semblait un gros animal assoupi dans la chaleur de cette journée de mai.

Antoine frappa à la porte à plusieurs reprises mais personne ne répondit. Il eut l'idée d'aller fouiner derrière la vasque de pierre. La clé s'y trouvait. Georges-Louis s'était donc absenté. Contrarié, l'adolescent était sur le point de repartir quand il songea qu'après tout, son cartable était certainement dans le hall, là où il l'avait laissé. Il se contenterait de le prendre et s'éclipserait. Son camarade ne se rendrait même pas compte qu'il était entré.

Il cueillit la clé dans sa cachette et ouvrit la porte. Bien que les lieux fussent plongés dans la pénombre, il aperçut son sac, posé sur la console, au pied de l'escalier. Pourtant, il ne s'en approcha pas. Le couloir qui menait à la bibliothèque était resté ouvert. Antoine s'y engouffra. Le livre au fermoir l'avait hanté toute la nuit et le désir de savoir ce qu'il contenait le submergea.

Sans comprendre comment il avait pu parcourir si vite la distance qui l'en séparait, il se retrouva devant la porte de la bibliothèque. Elle céda quand il la poussa. Le livre était posé sur la table. Antoine le prit, savourant la finesse du cuir sous ses doigts, l'odeur sucrée qui s'en dégageait.

La clé était dans le tiroir que Georges-Louis lui avait indiqué. Il la fit jouer dans le fermoir, prit une profonde inspiration et ouvrit le livre. Le papier était d'une incroyable finesse, doux, d'un beau blanc éteint. Le bruissement des pages qu'il feuilletait était un ravissement pour l'oreille.

La troisième page était imprimée. Il laissa courir son regard sur les caractères étranges qui la couvraient :

בראשית ברא אלהים את השמים ואת הארץ
והארץ היתה תהו ובהו וחשך על-פני תהום
והארץ היתה תהו ובהו וחשך על-פני תהום
ורוח אלהים מרחפת על-פני המים
ויאמר אלהים יהי אור ויהי-אור

Antoine grimaça de dépit. Le texte était écrit dans une langue qu'il fut incapable d'identifier. Il referma le livre, mortifié. Georges-Louis l'avait vraiment pris pour un jobard avec ses histoires à dormir debout. Il eut cependant envie de vérifier si l'ouvrage entier comportait les mêmes caractères. Il le rouvrit et faillit le laisser choir de surprise. Sur la page qu'il n'avait pu déchiffrer, il voyait à présent :

Μῆνιν ἄειδε, θεὰ, Πηληιάδεω Ἀχιλῆος
οὐλομένην, ἣ μυρί' Ἀχαιοῖς ἄλγε' ἔθηκε,
πολλὰς δ' ἰφθίμους ψυχὰς Ἄϊδι προΐαψεν
ἡρώων, αὐτοὺς δὲ ἑλώρια τεῦχε κύνεσσιν
οἰωνοῖσί τε πᾶσι· Διὸς δ' ἐτελείετο βουλή·
ἐξ οὗ δὴ τὰ πρῶτα διαστήτην ἐρίσαντε
Ἀτρεΐδης τε ἄναξ ἀνδρῶν καὶ δῖος Ἀχιλλεύς

Même s'il n'y comprenait rien, il avait reconnu du grec ancien. Il referma encore le livre, chercha la troisième page et lut :

Arma uirumque cano, Troiae qui primus ab oris
Italiam, fato profugus, Lauiniaque uenit
litora, multum ille et terris iactatus et alto
ui superum saeuae memorem Iunonis ob iram

Cette fois-ci, il identifia l'extrait qu'il avait sous les yeux car il l'avait laborieusement traduit en cours de latin, un mois plus tôt : c'était le début de *L'Énéide* de Virgile !

Saisi de frénésie, il répéta les mêmes gestes. À chaque fois, il découvrait un nouveau texte dans une langue différente, anglais, espagnol, allemand, italien, russe, chinois et bien d'autres, qu'il ne connaissait pas. Enfin, apparurent des phrases en français qu'il lut avec bonheur, ébloui par la netteté du style :

C'était à Mégara, faubourg de Carthage, dans les jardins d'Hamilcar.

Les soldats qu'il avait commandés en Sicile se donnaient un grand festin pour célébrer le jour anniversaire de la bataille d'Eryx, et comme le maître était absent et qu'ils se trouvaient nombreux, ils mangeaient et ils buvaient en pleine liberté.

Antoine interrompit sa lecture et sentit sa raison vaciller. Georges-Louis n'avait pas menti ! Aussi invraisemblable que cela parût, ce bouquin renfermait une infinité de livres, peut-être même, comme son camarade l'avait affirmé, l'intégralité des livres passés, présents et à venir.

– C'est de la folie, balbutia-t-il, de la pure folie.

Il voulut le reposer mais ne put s'y résoudre. Il le rouvrit en quête d'une nouvelle histoire et sursauta. La troisième page, celle sur laquelle il avait vu tant de phrases inscrites, était blanche, vierge de toute impression. Pourtant, en l'observant mieux, il lui sembla deviner des lettres, très pâles, presque invisibles au premier coup d'œil.

Antoine se pencha et plissa les paupières. Les caractères étaient indiscutablement plus nets. Ils paraissaient s'extirper du néant pour s'incarner sur le papier et former des phrases compréhensibles. Quand leur sens s'imposa à son esprit, il prit peur et gémit. Simultanément, une immense fatigue s'empara de lui.

– Qu'est-ce que tu fiches là ! hurla une voix.

Antoine releva la tête. Georges-Louis venait d'entrer dans la bibliothèque et le dévisageait avec effarement. Il voulut lui répondre mais aucun mot ne franchit la barrière de ses lèvres. À l'instant de disparaître, il se souvint de l'avertissement que son ami lui avait lancé, la veille : « Il n'y a que l'épaisseur d'un cheveu entre la fiction et la réalité, sais-tu ? Et plus d'un s'est laissé prendre au piège des livres jusqu'à se perdre lui-même ! »

Georges-Louis rattrapa le volume avant qu'il ne s'écrase au sol. Antoine, qui le tenait la seconde d'avant entre ses doigts, s'était dissous dans l'air.

– L'imbécile ! marmonna-t-il entre ses dents serrés.

Il ouvrit le livre et lut ce qui ressemblait fort au début d'un roman, celui que son camarade aurait sans doute rêvé d'écrire, s'il avait vécu assez longtemps pour le faire :

Antoine Ménard avait vu le jour à Mirecourt un beau matin d'octobre. Il avait quinze ans, était fils unique et ses parents tenaient une épicerie fine située sur la place de la Mairie. Antoine avait la réputation d'être un garçon joyeux, vif, et d'une insatiable curiosité. Son goût effréné pour la lecture et ses succès scolaires faisaient l'orgueil de sa mère qui était convaincue qu'un jour, son fils écrirait des romans que le public s'arracherait. « Il est né pour les mots et les mots seront toute sa vie », prédisait-elle avec une assurance qui forçait le respect.

Georges-Louis soupira. Il n'alla pas plus loin, referma le livre et murmura :

– Rien de pire que les histoires dont on connaît déjà la fin.

L'armoire

Les Dulac n'avaient jamais remarqué cette brocante située sur le bord de la nationale, sans doute parce qu'il n'était pas dans leur habitude de chiner des vieilleries à restaurer. Mais ce jour-là, leurs regards avaient été attirés par une pancarte sur laquelle on avait tracé en grosses lettres dégoulinantes : *ARRIVAGE DE MEUBLES EN PARFAIT ÉTAT.*

Franck ralentit et se tourna vers Clarisse. Ils avaient besoin d'une armoire pour la chambre de leur fils mais celles qu'ils avaient trouvées à leur goût dans les magasins de la zone industrielle étaient hélas beaucoup trop chères pour leur modeste budget.

– On s'arrête ? proposa-t-il.

– Pourquoi pas ? répondit sa femme. On n'est pas pressés.

Elle posa sa main sur la cuisse de son mari et lui adressa un sourire qu'il lui rendit. Depuis deux semaines, ils allaient mieux et les efforts qu'ils déployaient l'un et l'autre pour raccommoder leur couple portaient leurs fruits.

Avec un pincement au cœur, Franck se souvint de ce matin où, après des mois de crises et de disputes, Clarisse avait disparu sans prévenir. Quand elle était revenue cinq jours plus tard, il n'avait osé lui demander la moindre explication, de crainte qu'elle ne reparte, et leur vie avait repris vaille que vaille.

Ce n'était pas le premier incident de ce genre et Franck redoutait ces départs soudains qui le laissaient désespéré, seul avec Thibaud, leur petit garçon. Depuis le retour de Clarisse, il la sentait parfois lointaine mais la gentillesse dont il faisait preuve à chaque seconde avait le don de la calmer et il se prenait à espérer qu'à force de patience et d'attention, tout rentrerait dans l'ordre.

Franck tourna sur la droite, emprunta une contre-allée et se gara sur un terre-plein désert. À dix mètres devant eux se dressait un hangar de parpaings au toit de tôle ondulée. Thibaud s'était endormi dans son siège. Franck le détacha et le prit dans ses bras en attendant qu'il se réveille. Clarisse sortit du véhicule et se planta face au bâtiment, les mains sur les hanches.

– C'est quand même pas très rupin, murmura-t-elle à l'adresse de son mari. Je veux bien me faire couper en rondelles si on trouve notre bonheur là-dedans.

Ils entrèrent et découvrirent, à perte de vue, un incroyable fatras d'objets : cages à oiseau, landaus, parasols, caisses de livres ou de vaisselle, fauteuils dépareillés, luminaires, piles de matelas, étagères de jouets, tableaux, téléviseurs, canapés…

Franck posa Thibaud à terre. Le petit garçon se frotta les yeux et regarda avec curiosité autour de lui.

– Ohé ! Il y a quelqu'un ? appela son père.

Personne ne répondit.

– Qu'est-ce qu'on fait ? interrogea Clarisse. On attend que le propriétaire arrive ?

– Vu la manière dont les clients se pressent ici, il doit être en train de ronfler quelque part ! répondit Franck avec bonne humeur. Je te propose d'explorer ce capharnaüm, au cas où… Après, on s'en va.

Il prit sa femme et son fils par la main et tous trois longèrent un alignement de miroirs avant de s'engager dans un passage ménagé entre deux haies de tables. On les avait entassées les unes sur les autres, dans un équilibre précaire.

– On se croirait dans une forêt, s'étonna Clarisse.

– Oui, mais on ferait bien de s'en éloigner, déclara Franck. Un éternuement et tout nous dégringole sur le nez !

Ils hâtèrent le pas, dépassèrent une rangée de poêles à charbon et parvinrent dans une zone où l'on avait réuni une impressionnante quantité de meubles.

– Désolée de me répéter, mais ça m'étonnerait qu'on dégotte un truc bien dans ce bric-à-brac ! affirma la jeune femme après un bref coup d'œil.

Elle exécuta un tour sur elle-même et ajouta :

– Admets au moins que ce n'est pas jojo. Je n'en vois pas un qui me tente.

– Ça ne coûte rien de regarder, répondit Franck avec douceur. Ce serait idiot de passer à côté d'une bonne affaire !

Clarisse opina sans parvenir à dissimuler son

scepticisme. Rester trois heures à fouiner dans cet amas de vieux machins ne la tentait guère. Elle observait d'un œil désabusé une commode branlante quand Thibaud lâcha sa main et se sauva à toutes jambes en lançant :

– On joue à cache-cache !

– Non ! Reviens ici ! cria sa mère en se lançant à sa poursuite.

Le garçonnet bifurqua sur la droite, Clarisse et Franck à ses trousses, et s'arrêta brusquement.

– Oh, elle est belle, celle-là !

Il montrait à ses parents une armoire de style indéfinissable mais élégant. Des formes nettes, pures, soulignées par les discrètes moulures des portes et la gracieuse corniche qui la coiffait.

Clarisse posa ses mains sur les épaules de son fils et fit discrètement claquer sa langue, comme à chaque fois qu'elle manifestait de l'intérêt pour quelque chose.

– C'est vrai, Thibaud, qu'elle est très jolie. Elle serait parfaite pour ta chambre. En plus, elle n'est pas très grande et passerait facilement par la porte d'entrée.

Elle s'approcha et chercha l'étiquette indiquant le prix. Il n'y en avait pas.

– Évidemment, poursuivit-elle, il faut savoir combien elle coûte. Je ne sais pas si elle est dans nos prix.

Ils l'examinèrent sous tous les angles, en quête d'un défaut. Pas de tache, de trace de choc, ou de rayure : l'armoire était impeccable. Franck essaya d'en identifier le bois. De couleur sombre, il avait un grain très serré et de fines veines noires le parcouraient, dessinant un délicat maillage sur sa surface lustrée.

– C'est peut-être de l'acajou, dit-il à sa femme. En tout cas, il est magnifique.

– Bonjour m'sieur-dame ! Ce meuble vous intéresse ?

Le brocanteur semblait jailli de nulle part et les fixait de ses gros yeux protubérants.

– Bonjour monsieur, répondit Franck, on se demandait justement s'il y avait quelqu'un dans cet entrepôt.

– Ben oui, y a moi, répondit l'homme. Mais il y a tellement à faire que je peux pas être partout. Vous savez ce que c'est…

Il s'accroupit devant Thibaud et lui sourit.

– C'est les cris du petiot qui m'ont averti qu'il y avait des clients ! Alors, vous cherchez une armoire ?

Il se releva, désigna celle que les Dulac étaient en

train d'admirer une minute plus tôt et se gratta le haut du crâne.

– Visiblement, vous êtes connaisseurs, parce que c'est le plus beau modèle que j'ai en stock.

– Justement, se lança Clarisse, nous nous interrogions sur son prix !

Le brocanteur se gratta de plus belle et les observa pensivement.

– Si je vous demande trop cher, vous me la prendrez pas, non ?

Les époux Dulac se regardèrent avec gêne. L'homme se tourna vers Thibaud et lui demanda :

– Elle te plaît, à toi, cette armoire ?

L'enfant répondit par un hochement de tête puis il courut vers sa mère et enfouit sa tête entre ses genoux. Elle le souleva et il serra ses bras autour de son cou. Le brocanteur les considéra d'un air attendri.

– Il est mignon, vot' gamin. C'est pour sa chambre que vous la voulez ?

Clarisse et Franck hochèrent la tête.

– Alors je vais vous faire un prix que vous pourrez pas refuser ! Et si vous l'emportez, vous penserez à me demander de vous donner la clé. Elle est si jolie que je la conserve dans mon bureau, des fois qu'un client la volerait !

Franck et Damien, le frère de Clarisse, n'avaient pas eu trop de mal à installer l'armoire dans la chambre de Thibaud. Bien que le bois dont elle était faite fût très dur, elle était étonnamment légère. Elle passa sans difficultés par toutes les portes et trouva sa place, dans un angle, en face du lit. Franck sortit la clé de sa poche et la glissa dans la serrure.

– C'est pas de la camelote ! s'étonna Damien. T'as dû la payer un bon paquet !

Franck secoua la tête.

– Même pas ! Le brocanteur qui nous l'a vendue est tombé sous le charme de Thibaud. En fait, on l'a achetée une misère. J'avais presque l'impression que cet homme nous faisait l'aumône.

Damien claqua sa main sur l'épaule de son beau-frère.

– C'est bien toi, ça ! Tu te culpabilises au lieu de profiter de ta chance…

Franck acquiesça :

– C'est ce que me répète toujours Clarisse.

Il se rendit compte que Damien ne l'écoutait pas mais avait ouvert les portes du meuble pour vérifier que rien n'avait bougé pendant le transport. L'intérieur était séparé par une cloison médiane. Sur un côté, se succédaient une série d'étagères, sur l'autre, était aménagée une penderie suffisamment grande pour qu'un adulte pût s'y tenir debout, à condition de se courber. Le bois était velouté et Damien s'étonna de le sentir tiède au toucher alors que le hangar dans lequel ils l'avaient chargée puis la camionnette dans laquelle ils avaient transporté l'armoire étaient glacés.

– Tu as une idée de ce que c'est, ce bois ? interrogea Franck. Le brocanteur n'a pas été capable de me le dire.

– Une quelconque essence exotique. Je te signale qu'on ravage la moitié des forêts de cette planète pour que nos gamins aient des chambres joliment meublées.

– Tiens, c'est toi qui joues les rabat-joie, maintenant ?

– C'est sa spécialité ! s'exclama Clarisse. Bon, qu'est-ce que vous diriez d'un café, les hommes ?

La jeune femme se tenait sur le seuil de la porte, Thibaud à ses côtés. Elle regarda l'armoire et son visage s'éclaira.

– Elle est superbe ! C'est vraiment ce qu'il fallait à Thibaud ! Vous venez ?

– Un peu, qu'on vient, sœurette ! répondit Damien. Et si tu as des gâteaux pour tremper dans le café, je serai le plus heureux des déménageurs !

Resté seul, Thibaud s'approcha de l'armoire et en poussa les portes restées ouvertes. Elles se refermèrent avec un bruissement doux. De la cuisine, lui parvenait le joyeux vacarme d'une conversation animée.

Clarisse se réveilla en sursaut, la poitrine broyée par une horrible sensation d'oppression. Elle avait fait un rêve dont elle ne parvenait pas à se souvenir. N'en subsistaient que des images confuses qui s'évanouirent quand elle voulut les retenir. Elle consulta le réveil : les chiffres lumineux indiquaient quatre heures. Sur sa droite, Franck respirait paisiblement.

La jeune femme essaya de se rendormir mais rien n'y fit. Pourtant, ses angoisses n'étaient pas liées à son couple, comme les semaines précédentes. Elle en était certaine. Que se passait-il, alors ?

Sa chemise de nuit, trempée de sueur, lui collait à la peau. Elle repoussa les couvertures pour trouver un peu de fraîcheur. Franck grogna et murmura des paroles sans suite. Incapable de rester en place, Clarisse décida de se lever pour boire un verre d'eau.

Elle glissa hors du lit, enfila ses pantoufles à tâtons et sortit de la chambre. Des voix assourdies et des rires lui parvinrent. On aurait dit deux enfants discutant avec animation. Stupéfaite, elle regarda en direction de la chambre de Thibaud. Un rai de lumière au bas de la porte signalait que son fils était toujours éveillé. Il devait jouer une fois de plus à se raconter des histoires.

Poussant une exclamation de contrariété, Clarisse alluma le plafonnier et traversa le couloir à grands pas. Juste avant qu'elle ouvre la porte, un bruit de trottinement suivi d'un claquement sec retentit de l'autre côté.

« Thibaud n'a pas la conscience tranquille ! » songea-t-elle en entrant.

Son fils se tenait à genoux au centre du tapis, les deux mains posées devant lui. Il ne bougeait pas, sa petite frimousse empreinte d'une expression coupable. Une drôle d'odeur, fade et sucrée, flottait dans la pièce et Clarisse, inquiète, se demanda si son fils n'était pas malade.

– Qu'est-ce qui se passe, mon canard ? Tu ne dors pas ?

Thibaud secoua la tête.

– Ne reste pas ici, tu vas finir par attraper froid. Allez, file dans ton lit !

Le garçonnet ne bougeait pas. Sa mère s'agenouilla.

– Je ne te gronde pas, mon chéri, je veux juste que tu ailles dormir. Demain tu vas être fatigué.

Elle prit les mains de son fils et le força à se relever. Il tenta de résister puis céda brusquement. Clarisse poussa alors un cri de frayeur. Une auréole rouge sombre maculait la moquette.

– Mon Dieu, qu'est-ce qui t'arrive ? Tu t'es blessé ?

La jeune femme inspecta les mains de Thibaud, à la recherche d'une écorchure ou d'une coupure. Elles étaient intactes mais souillées de sang frais.

– D'ou vient ce sang ?

Thibaud ne répondit pas mais ne put retenir un regard en coin en direction de l'armoire. Clarisse se souvint alors du bruit qu'elle avait entendu. Son fils avait caché quelque chose dans l'armoire ! Quelque chose qui saignait ! Consternée, elle l'ouvrit et retint une grimace de dégoût en reconnaissant, posé tout au bas de la penderie, le rôti de bœuf qu'elle comptait cuisiner à midi. Il était à demi rongé.

– Mais enfin Thibaud, s'affola-t-elle, qu'est-ce qui te prend ? C'est de la viande crue ! Tu ne vas pas me faire croire que tu as mangé de la viande crue !

Le petit garçon écarquilla les yeux et répondit :

– Mais c'est pas moi, m'man. C'est mes nouveaux amis…

Franck contemplait le contenu de son bol d'un air ennuyé. Il ne voulait surtout pas contredire Clarisse, même s'il trouvait qu'elle exagérait.

– Je comprends bien ce que tu me racontes, chérie, mais ce ne sont que des inventions de petit garçon un peu trop imaginatif. Il a voulu te faire croire toutes ces sornettes pour ne pas que tu le grondes. Moi aussi, à son âge, j'adorais aller piquer des trucs à manger dans le frigo de mes parents et m'organiser des pique-niques clandestins dans ma chambre.

– Mais ce ne sont pas des bonbons ou des gâteaux ! s'énerva-t-elle. Thibaud a mangé de la viande ! De la viande crue !

– Il est en pleine crise de croissance, répondit Franck, très embarrassé. J'ai lu quelque part que les enfants peuvent avaler n'importe quoi dans l'urgence, si leur organisme en a besoin.

– Je ne sais pas d'où tu tires ces théories bizarres ! s'exclama Clarisse avec colère. Et les bruits de voix que j'ai entendus ? L'odeur que j'ai sentie ? Je les ai inventés, peut-être ? Sa chambre sentait le cadavre, comme quand on a retrouvé la chatte à moitié décomposée sous les noisetiers, en revenant de vacances !

Son mari soupira et ne répondit pas car Thibaud entrait dans la cuisine. Il s'installa sur sa chaise et sa mère remplit son bol de céréales et de lait. Lorsque son fils prit sa petite cuillère pour manger, la manche de son pyjama se releva et Clarisse aperçut une écorchure qui semblait se prolonger vers l'avant-bras.

– Thibaud, comment tu t'es fait ça ? demanda-t-elle en prenant son poignet.

Sa panique était palpable. Le garçon cacha ses yeux

de sa main libre et Franck comprit qu'il devait intervenir. Il se leva, posa son front contre celui de son fils et murmura :

– Allez, bonhomme, dis-nous ce qui s'est passé ! Tu t'es griffé ?

Le garçonnet éclata en sanglots et balbutia :

– C'est que j'ai pas le droit de vous le dire. Ziggy ne veut pas. Il a dit que si je vous racontais, il recommencerait.

Thibaud montrait la blessure d'un air angoissé. Franck caressa doucement les cheveux de son fils jusqu'à ce que celui-ci se calme, puis il le souleva et l'assit sur ses genoux.

– Raconte-moi tout ça. Je te promets que je n'en dirai rien à Ziggy et ta maman non plus. N'est-ce pas, Clarisse ?

Celle-ci fit un effort pour se reprendre et répondit :

– Oui, Ziggy n'en saura rien, c'est promis.

Elle tendit un mouchoir à Thibaud qui s'essuya les joues et sourit. Il toucha la griffure de l'index et dit :

– C'est Ziggy qui me l'a faite, parce que j'ai tout raconté à maman et lui, il ne veut pas.

– Il est comment, ce Ziggy ? interrogea son père.

Thibaud se gratta le menton. Son visage exprimait un profond désarroi. Il dit enfin :

– Il ressemble à un enfant. Mais un enfant qui serait vieux.

Franck hocha la tête avec compréhension.

– Oh, très bien. Et il habite où, Ziggy ?

Thibaud regarda son père comme s'il lui posait une question stupide.

– Ben, dans l'armoire !

– Et il ne s'ennuie pas, tout seul ?

– Mais il n'est pas tout seul ! s'amusa Thibaud. Il y en a d'autres comme lui. Plein !

Clarisse les écoutait, les traits déformés par la peur.

– Et toi, l'interrogea-t-elle, tu y es déjà allé, dans l'armoire ?

Thibaud eut une petite grimace désolée.

– Oh non, Ziggy ne veut pas. Il dit qu'il faut encore attendre un peu.

Sa mère blêmit.

– Attendre quoi ?

Le garçon fronça les sourcils puis haussa les épaules.

– En fait, je ne sais pas.

Franck embrassa son fils et le reposa sur sa chaise.

– Mange ton petit déjeuner, mon chéri. Je voudrais parler à ta mère.

Les deux adultes sortirent de la cuisine et se rendirent dans la chambre de Thibaud. Un rayon de soleil tombait sur l'armoire, allumant des reflets grenat sur le bois poli. Franck l'ouvrit. À l'intérieur, il n'y avait rien d'autre que les piles de linge et les vêtements que Clarisse y avait rangés. Il se tourna vers sa femme.

– Tu vois bien que Thibaud a inventé tout ça. Tu sais, il arrive parfois que des enfants se mutilent eux-mêmes. Peut-être que…

Il hésitait, guettant sur le visage de Clarisse l'effet de ses paroles.

– Peut-être que les problèmes des semaines précédentes le perturbent et qu'il a besoin de nous inquiéter pour…

Clarisse ne le laissa pas terminer. Elle referma les portes à la volée et asséna un grand coup de poing sur le meuble.

– Je t'en prie, Franck, pas de confusions ! Je déteste

cette armoire! Elle me fait peur. Jure-moi qu'on la rapportera dès que possible là où on l'a achetée.

Franck hésita.

– C'est que… on ne l'a pas payée cher. On n'en retrouvera jamais une de cette qualité à ce prix et…

– Je m'en fiche! répondit Clarisse. Je n'en veux plus chez moi. Je ne veux plus que Thibaud invente des histoires à dormir debout et mange de la viande crue pendant qu'on dort! Je ne veux plus faire de cauchemars! Jure-moi de nous en débarrasser avant la fin des vacances!

Franck contempla ses chaussures et répondit à contrecœur :

– Clarisse, je trouve que tu en fais un peu trop mais c'est d'accord, je te promets de la ramener chez le brocanteur. J'espère qu'il nous la reprendra le prix qu'on l'a payée.

Quand Franck rentra du travail, ce soir-là, la maison était silencieuse.

– Clarisse, Thibaud, appela-t-il, je suis là!

Personne ne répondit. Il passa de pièce en pièce, en s'efforçant de ne pas céder à la panique. Comme il l'appréhendait, de Clarisse, pas la moindre trace. Pourtant, deux heures plus tôt, quand il l'avait appelée du bureau, elle lui avait paru calmée.

Thibaud était endormi dans sa chambre et il fallut qu'il le secoue à plusieurs reprises pour que le petit garçon se réveille.

– Où est ta maman ? balbutia Franck.

Thibaud frotta ses yeux rouges et bouffis.

– Elle est partie tout à l'heure. Elle a dit qu'elle reviendrait bientôt.

– Partie où ?

– Je ne sais pas.

Franck essaya de retenir le flot de larmes qui menaçait de dévaler sur ses joues. Il ne savait plus s'il les devait au chagrin ou à la colère. Une fois de plus, Clarisse faisait des siennes ! Pour cette ridicule histoire d'armoire, elle les laissait encore en plan, leur fils et lui ! Et dans quelques jours, elle allait réapparaître, fraîche et pimpante, sans se préoccuper de savoir comment ils avaient vécu sa disparition.

– Bon, ne t'inquiète pas, assura-t-il d'une voix qu'il tenta de rendre ferme. On va préparer le repas et on va passer une bonne soirée entre hommes. D'accord ?

– D'accord.

Thibaud se pendit à son cou. Son père le prit dans ses bras et l'emmena à la cuisine.

Le repas fut plus joyeux que Franck ne l'aurait imaginé. Bien sûr, quand par deux fois le téléphone sonna, il crut que son cœur allait s'arrêter de battre. Ce n'était pas Clarisse, mais sa mère qui venait aux nouvelles et un couple d'amis qui souhaitaient les inviter à dîner le samedi suivant. Il n'évoqua pas l'absence de sa femme et affecta un ton enjoué, malgré son accablement.

Le dîner terminé, ils débarrassèrent la table puis rangèrent les couverts, les assiettes et les verres dans le lave-vaisselle.

– Je te raconte une histoire, bonhomme ? proposa Franck.

– Je préférerais jouer avec toi, répondit Thibaud.

– Va pour le jeu, concéda son père, mais pas trop longtemps. Je ne veux pas que tu te couches tard. Demain matin, de bonne heure, je te déposerai chez mamie pour qu'elle te garde. Alors, quel jeu tu choisis ?

Son fils gonfla ses joues, se dandina d'un pied sur l'autre et dit :

– Cache-cache !

– Super ! Qui se cache en premier ?

– Toi ! répondit Thibaud en battant des mains.

Il se retourna aussitôt contre le réfrigérateur, la tête posée sur ses bras croisés, et commença à compter à voix haute. Franck s'éclipsa le plus discrètement possible. Ce jeu improvisé avec son fils lui ferait du bien. Au moins, pendant ce temps, il s'efforcerait de ne pas penser à Clarisse.

Franck hésita à descendre au sous-sol. Il ne voulait pas que Thibaud ait peur en le cherchant dans le noir. Il se dirigea vers la salle de bains et opta finalement pour la chambre de son fils. Il avisa le lit et décida de se glisser dessous. En se contorsionnant, il devrait y parvenir. Il s'accroupissait quand une idée germa dans sa cervelle. L'armoire ! Il allait se cacher dans l'armoire !

La lumière qui provenait du couloir l'éclairait, soulignant les veines sombres du bois. Il entrouvrit la porte, poussa lentement les cintres, se coula dans la penderie et attendit. Il était dans l'obscurité totale. Un peu à l'étroit.

C'était étrange de se savoir enfermé dans une sorte de boîte en bois, légèrement angoissant même, et il dut lutter contre la tentation d'en sortir sur-le-champ. Il renifla. Ça sentait bon. Le bois et aussi une autre odeur. Indéfinissable et familière pourtant.

Un léger piétinement attira son attention. Il se demanda s'il allait bondir hors de l'armoire afin de faire une surprise à son fils mais il craignit que son apparition subite ne l'effraie. Franck prit son mal en patience et préféra attendre que ce soit Thibaud qui le trouve. Le bruit de pas se rapprocha et soudain, un cliquetis retentit. Il voulut pousser le battant. Son fils avait fermé l'armoire à clé !

– Thibaud, qu'est-ce que tu fabriques ? Ouvre-moi !

Tandis qu'il tambourinait sur la porte, Franck perçut nettement l'odeur qui l'avait frappé en entrant. Il la reconnaissait, à présent, mêlée à une puanteur de viande avariée. C'était l'odeur du parfum de sa femme.

Clarisse ! Elle était entrée dans l'armoire, elle aussi, mais pourquoi ? La peur le gagna. Autour de lui, il lui semblait entendre des grattements, des chuchotements. Terrifié, il cria :

– Laisse-moi sortir, Thibaud ! Je t'en prie, laisse-moi sortir !

De l'autre côté de la porte, la voix de son fils s'éleva :

– Ne t'inquiète pas, papa, Ziggy m'a dit qu'il allait tout t'expliquer. Tu sais, maman, ils ont dû l'obliger à entrer dans l'armoire parce qu'elle ne voulait pas. Je me suis sauvé et j'ai beaucoup pleuré. Tout à l'heure, quand tu iras mieux, j'entrerai moi aussi. Et après, on s'amusera tous ensemble. Ziggy m'a promis qu'on irait bientôt dans une autre maison, pour jouer avec les gens qui y habitent. Il fait ça depuis toujours.

Franck ouvrit la bouche pour répondre mais ses paroles se muèrent en hurlements quand une voix chuintante susurra à son oreille :

– Bienvenue, Franck, et ravi de vous rencontrer. Comme vous l'a déjà appris Thibaud, nous avons eu le plaisir de faire connaissance avec Clarisse, votre épouse. Une forte personnalité, cette Clarisse. Emportée, mais délicieuse, tellement délicieuse…

Du même auteur

Amour en cage, éd. Thierry Magnier (coll. Nouvelles), 2010.
Le parfum du ruban vert (*Les Revenants* T.4), éd. Rageot, 2009.
Le Puits des âmes perdues (*Les Revenants* T.3), éd. Rageot, 2008.
La Tentation de l'ombre (*Les Revenants* T.2), éd. Rageot, 2007.
Le Sort d'éternité (*Les Revenants* T.1), éd. Rageot, 2006.
Le Jardin des sortilèges, éd. Rageot, 2006.
Felicidad, éd. Gallimard (coll. Scripto), 2005.
Que justice soit faite, éd. Grasset (coll. Lampe de poche), 2004.
Djamila, éd. Grasset (coll. Lampe de poche), 2003.
L'Attrape-Mondes, éd. Gallimard (coll. Hors-Piste), 2003.
Sobibor, éd. Gallimard (coll. Scripto), 2003.
Coupable idéal, éd. Rageot, 2002.
La Fille aux semelles de plomb, éd. Grasset (coll. Lampe de poche), 2002.
Le Duel des sorciers, éd. Rageot (coll. Cascade), 2001.

Derniers titres de la collection Nouvelles

Et vous mourrez longtemps

Jean-Paul Nozière

Une falaise en carton-pâte, une déposition abracadabrantesque, un faux sosie d'Alain Delon, un contrôleur de TGV infréquentable, une course-poursuite fatale, un triangle amoureux, un curé que le meurtre appelle et un tueur à gages mélancolique. Huit nouvelles policières où les personnages singuliers basculent et nous embarquent dans leurs dégringolades.

Empreinte digitale

de Patrice Favaro

Tout commence à Paris, dans le bar de quartier que Ramzi aime à fréquenter : le George O'. Tout se termine dans les ruines de la capitale, où le George O' n'est plus qu'un lointain souvenir. Drones, cyborgs, mémoire virtuelle globale... Quatre époques. Quatre récits qui voient notre monde, chaque jour plus connecté, se laisser déborder...

De mieux en mieux

de Christophe Léon

Z.U.S, pour Zone Urbaine Sensible. Ou bien banlieue « difficile », voire « défavorisée »... Les expressions ne manquent pas pour qualifier ces « quartiers », de loin. Coraz, Marie, Latifah, Julien, ou Stella, autant portraits qui se croisent dans ce recueil de nouvelles, et qui donnent corps et âme à la cité.

Dans les cordes

de Fred Paronuzzi

Ski, foot, judo, bodybuilding, tennis, capoeira... Ils sont passionnés ou dilettantes, vainqueurs, ou perdants, supporters ou champions, amateurs ou pro. En treize histoires, passant du rire au drame, de l'émotion au suspense, ce recueil explore le sport comme lien social, et miroir de notre société, pour le meilleur et pour le pire.

Partir

d'Isabelle Collombat

Partir. S'exiler. Reconstruire. Et découvrir, toujours, que pour devenir un autre, il faut comprendre d'où l'on vient, et celui qu'on a été.

Car ce n'est que relié au passé, à l'ailleurs, que le présent devient vivable, ici, en France.

Tu veux savoir ?

de Yohan Heliot

Un collège, des élèves, un principal... Normal. Pourtant... Action, suspense, manipulation, entre science-fiction et fantastique, après la lecture de ces neuf récits, plus rien ne vous paraîtra normal dans ce collège... ni dans le vôtre !

Honte de tout

de Carole Fives

Il y a « cette connerie de virginité » dont il faut bien se débarrasser un jour. Ces poils au menton qui tardent à pousser. Et comme si « ça » ne suffisait pas, il y a aussi les parents !

Seize confessions d'ados de ce siècle, drôles, cruelles, et finalement intemporelles.

Ça me file le bourdon

de Hervé Giraud

Avec la bande de copains et la famille foutraque d'un narrateur impertinent, drôle, observateur et touchant, l'auteur nous offre une virée décoiffante, en onze aventures, au cœur de cette parenthèse qu'est l'adolescence quand la vie déborde parce qu'il est encore trop tôt, et déjà trop tard.

Mad l'Africain

de Vincent Crouzet

Tout le monde connaît Mad dans la ville du Cap. Surtout les flics dont cet incontrôlable chauffeur de Rikki, le taxi local, est la bête noire ! Le Français a le don de se fourrer dans les ennuis, pour voler au secours d'une belle de passage, d'un gamin aux prises avec des tueurs de rhinocéros...

Les fils de l'ogre

de Mathis

Fred et Max sont les fils de l'ogre : père brutal, dépressif, alcoolique. De l'enfance à l'âge adulte, ils se serrent les coudes non pour trouver le bonheur, mais pour rendre l'existence supportable. Pas une vie, et pourtant, la vie qui déborde.

Une histoire de peau
de Jeanne Benameur
Le travail élevé au rang de religion ? L'éternelle jeunesse pour seul horizon ? Le rêve comme ultime refuge d'une réalité invivable ? L'auteure dénonce les dérives d'une société incapable d'établir une harmonie entre les hommes et le temps.

Désobéis !
de Christophe Léon
Fais pas ci, fais pas ça, fais tes devoirs, baisse la musique... Les ados passent leur temps à entendre ordres et conseils. L'auteur de cet ouvrage lance un cri d'alarme : désobéis !
Le monde et notre destin nous appartiennent.

Par cœurs
de Dominique Dyens
C'est la rentrée, la prof de français crée une mini révolution quand elle donne à ses élèves un devoir qui non seulement ne sera pas noté mais surtout ne sera pas lu ! Un devoir rien que pour soi avec en plus LE thème qui tue : l'amour idéal.

Mi-ange mi-démon
de Thomas Scotto
Ados, adultes ou personnes âgées, tous veulent croire en la vie et se laissent guider, pour le meilleur et pour le pire, par les rencontres, les amours, les chances et les coups du sort. Chacun est double, entre rêves et réalité, entre espoirs et renoncements, mi-ange mi-démon.

Quelle mouche nous pique
de Hervé Giraud
Le lycée, les copains, la famille, les filles, le désir qui tourmente, la débrouille pour se faire de l'argent de poche... Douze histoires entre le regret de la grâce de l'enfance et l'impatience d'être enfin adulte.

Mad Froggy
de Vincent Crouzet
Mad Froggy est chauffeur de Rikki, l'un de ces taxis-bus qui sillonnent la ville du Cap. Français excentrique, favori des marginaux, bête noire de la police, il véhicule toutes les catégories sociales. Une folle plongée au cœur de la nouvelle Afrique du Sud.

Tailles douces
de Jean-Noël Blanc
Une histoire dont le lecteur choisit la fin, vous en avez toujours rêvé ? Jean-Noël Blanc l'a fait ! Des nouvelles avec ou sans chute, une intrigue racontée de différents points de vue, un texte sans accent ou sans adjectif... Une foisonnante galerie d'histoires et de personnages.

Amour en cage
de Jean Molla
Il y a des moments que l'on traverse en sachant qu'on ne les oubliera jamais. En treize histoires, l'auteur nous invite à voyager vers ce qui, dans le quotidien, ne l'est justement pas.

Terrains minés
de Fred Paronuzzi
En France, en Irak ou en Afrique, par temps de paix ou de guerre, sous un régime démocratique ou dictatorial, le football est un langage universel, un passeport vers la diversité du monde.

Totale angoisse
de Brigitte Aubert
Tueur en série, évadé de prison, psychotiques livrés à eux-mêmes... Une série de récits à suspense, du thriller cent pour cent, sang pour sang.

Pas folle la guêpe
de Hervé Giraud
Il a huit ans, douze ou quinze. Il nous raconte sa famille, ses plaisirs et ses doutes, ses courages, ses lâchetés...Sa vie. Il nous révèle les trésors inépuisables du quotidien.

Demain ça ira mieux
de Jean-Paul Nozière
Il y a des jours où tout va de travers. Avec humour, suspense et tendresse, Jean-Paul Nozière dresse le portrait de ces perdants magnifiques dont la vie est soudain au-dessus de leur force. Demain, ça ira mieux ?... On peut toujours rêver.

Cet ouvrage a été achevé d'imprimer

sans décrocher

pour le compte des éditions Thierry Magnier

par Présence Graphique à Monts en février 2019 (15e édition)

Dépôt légal : mars 2007

Imprimé en France